河流上的诗歌微澜

涂拥　著

天津出版传媒集团

百花文艺出版社

图书在版编目（ＣＩＰ）数据

河流上的诗歌微澜 / 涂拥著 . -- 天津 : 百花文艺
出版社 , 2024. 7. -- (中国好诗歌). -- ISBN 978-7
-5306-8823-6

Ⅰ . I227

中国国家版本馆 CIP 数据核字第 2024PR6968 号

河流上的诗歌微澜
HELIU SHANG DE SHIGE WEILAN

涂 拥 著

出 版 人 : 薛印胜
责任编辑 : 张 雪
封面设计 : 鸿儒文轩·末末美书
出版发行 : 百花文艺出版社
地址 : 天津市和平区西康路 35 号 邮编 : 300051
电话传真 : +86-22-23332651（发行部）
　　　　　+86-22-23332656（总编室）
　　　　　+86-22-23332478（邮购部）
网址 : http://www.baihuawenyi.com
印刷 : 三河市华东印刷有限公司
开本 : 880 毫米×1230 毫米 1/32
字数 : 177 千字
印张 : 9
版次 : 2024 年 7 月第 1 版
印次 : 2024 年 7 月第 1 次印刷
定价 : 68.00 元

目
Contents
录

第一辑　站起的水有了骨头

第二辑 长江从家门前流过

第三辑　我的山水

第四辑　有一个童话叫玻璃鱼

站起的水有了骨头

复 活

在酒精燃烧中

我喷出的火，照亮一些人

听到最后枪声

变成了站不起来的灰烬

我并不因此就会喝酒

反而糊涂地在警笛中

拼命堵住自己双耳

沾酒必醉，醉必伤身

看见月光比碰到刀子锋利

踩上泥土比踏到地雷惊心

一个多年前燃尽的油灯

现在得由我掌着

照亮一群人在悬崖行进

活着已经不易

替别人活着更累

2016.3.30

高处的玻璃

一块玻璃，离我脚尖三尺
"啪"地一下发出最后一声
我来不及吓自己一跳
也来不及对高楼大骂
粉身碎骨的玻璃，在阳光下
闪烁出晶莹泪花
它在高处，一定经历了
难以忍受的风吹雨打
一定还有不为人知的秘密
我原谅玻璃
可以原谅它老了伤了
自己忍不住从高处跳下
我还做不到容忍
突然有人，从背后推下它
打碎我对高处的向往

2018.2.6

夜 色

五十年的老房子

一盏盏灯在陆续坏掉

先是卧室，梦中醒来

我再也按不亮自己灭掉的灯光

后来在餐厅

闪亮的色香味来不及品尝

突然"啪"地一下就进入夜色

左邻右舍灯火通明

城市也彻夜不眠

我却像老房子一样陈旧

光在一点点减少

经常举着坏灯泡

大街小巷找不到匹配型号

虽然尚有换灯的勇气

却往往费尽余生

也无法接通自己有过的光芒

2021.11.5

开　关

面对今天的开关，他显得力不从心
不再是简单一出一进
而要从众多孔洞中
找出光线，让其中一根
顺利抵达明亮的部分

一个下午，以前带给一家人光明
现在却只能换一个开关
他调动钳子、改刀、试电笔……
这些不改用途的工具
现在却纷纷旧貌换新颜

终于在天黑之前
他完成了一个换开关的工程
灯光从餐桌上亮了起来
也照亮妻儿欣喜
他却沮丧得像失败的将军

此时他站在黑夜的阳台

烟头忽明忽暗，谁也看不出

他曾经是一名电气工程师

2021.10.21

钉

在雷电中淬火

锻打于山崩地裂，这样的钉子

我肯定见过，至少它们装订过史书

被目光熔炼，唾沫飞溅

这样一种肉中刺，我也碰过

隐形的伤害不知何处疼痛

我甚至还看到过一些人

自称顶天立地，钉在人世

还真的就变成了一根铁棍

各种钉子带着不同锋利

与人随影相行

最后一颗是高烟囱

用一块石头钉住坟墓

2017.1.1

寂静 ICU

这里是有些人的最后一道门
也会是有人从地狱
重返人间的始发地

重症监护室里
首先死去的是声音
躺下的人难以发声
能说话的人又捂上了口罩

不轻易开启的这道门
让床上那些肉体
插满生命线，依然毫无表情

无比留恋人世的地方
生死都不吭声

2019.11.2

他还在玩弹弓

五十岁的人了
还玩弹弓。拉开皮筋的瞬间
腆出的大肚
不断颤抖
他瞄准的不再是鸟儿
也不是酒瓶
更不是一个人
他只是将一粒石子
射向虚无的天空
只是喜欢看石子
落入水中绽放的涟漪

2021.9.9

回　音

曾经写下一首诗

在这神秘回音壁

还想得起"美好"标题

也记得你声音

细如蚊子

我在远方仍听得格外清晰

现在回音壁前安装了栅栏

与古老历史相隔

却仍有成千上万人

尝试要把声音传递

他们的所有努力

都比不上路过的风雨

可这儿毕竟是回音壁

他们有理由喊一声

哪怕自己喊给自己听

2020.12.2

有话不能好好说

我多了一根软骨，在喉咙处

无法说出硬话

一根鱼刺卡在那儿，似乎有意

让我一生受伤

其实每个人都有过灯红酒绿

都在喉咙上下

摆放刀枪，甚至搅动江潮

不谙水性的我

碰了软钉子，仍不上岸

反而长期收藏，结果一说话就疼

一说话，就连自己都感到异样

2017.3.3

记一场诗歌朗诵会

一场诗人们的朗诵会

正在 29 楼举行

气氛很热烈，我坐不住了

走到窗前抽烟

楼下车流带动城市，灯火通明

我却看不到人，也许人太小了

奔跑的汽车

从高处看下去约等于蚂蚁

当然开车的人

以及忙着上车与下车的人

也望不到我手上这点烟火

听不到天空有诗歌声音

隔着一道落地玻璃

一堵透明的墙

我站在中间，半辈子写的诗

就快要灰飞烟灭

2020.12.11

痒

我的痒先是抓醒妻子，接着是夜

后来就让许多人睡不着了，似乎大祸来临

临近秋日，中年水分干枯，雾霾渐多

一个小疱抓开之后，竟然擦伤几层岁月

缺水之鱼难免挣扎

而骨节又渐渐僵硬，我挠不了身后

只好祈祷，背击烂泥

和比喻中的南墙

厚实的钢筋水泥颤抖不停

也许我停止抓耳挠腮，人间会安静许多

可痛痒往往夜里发作，原谅我

必须点亮一盏灯

2016.9.10

我有一瓶黄河水

没有想到

这瓶从壶口带回的黄河水

在光阴中开始清澈透明

不亚于一瓶纯净水

我见过它澎湃

黄沙席卷千堆雪

穿过大漠风暴时

勇往直前的激情

现在都安静了

全部沉入瓶底，不止厚度加深

也有了一种从容的气质

像一生终于尘埃落定

我只好贴上标签

注明黄河水，不是给别人看

而是害怕自己忘记

更怕混淆于江湖之水

2019.7.20

这人有病

与精神病院为邻已久

怀疑自己也是病人

每当听到美声吼成长江

一会儿又响为黄河，我便老泪纵横

并在流淌中麻利地啃完鸡骨，放下

手中小酒，高度警惕

生怕自己不小心，破坏了歌声秩序

放下生计，枕着一脑子官司入睡

四处碰壁太多，碰翻安眠药

仍无法安定，我已习惯床上行走

躺着说话，附会大家腰疼

像极了一个正常人

梦中穿墙而入，却吓跑里面病人

反过来窃窃私语：这人有病

2016.9.14

写 史

悬梁的头发提起，然后倒立

笔尖就有了，身体再作笔杆，武器也有了

开始写字，蘸自己血液

流向那里，白纸就变黑字

战争可以无声，张三的礼帽

瞬间被李四穿为皮靴

大漠荒野，在手上翻滚成良田万顷

倒立之人无所不能

旁边捉笔的人往往沉默不语

大描宇宙志，小写夫妻记

笑骂成段子，人们一笑了之

葬在《史记》中的司马迁也被笑醒

两千年了灵魂终于开窍

轻于鸿毛飞出竹简

修订重于泰山之事

2016.11.7

落　叶

春天也不要了，落叶有这样的勇气

白云拉不住，鸟语也不听

就这样决绝往大地自尽

其中一叶砸向我中年

再回首，路边树叶奋不顾身

超过路人，集体游行

甚至还往马路中间奔去

与车轮生死相拼

我还看到，山中许多树叶

做着相同动作

只不过它们会在土中慢慢腐烂

而城市落叶，来不及找到根

就成为垃圾

在天亮之前，被清理

2017.4.13

过　河

我就是被指认抱着石头过河的那人

河水湍急，彼岸遥远

抱不抱石都险象环生

但为了配合

五十步笑一百步，水落石出

我就把天下抱了

也将一张白纸拿了

纵然两手空空，我也清楚

岁月的沉疴，早已内心结石

取出石头来架桥

如果无法承载麻木和耻笑

还不如竖成墓碑

2017.12.1

白云飘过

仰视半辈子，落下颈椎病

痛了才明白：那么多银子白花花流过

没捞着，那么多白马从天而降

没有一匹适合自己

老了不得不低头

才发现最肥的云朵移动

留给大地一片阴影

会有草木和看云的人

在山风中瑟瑟

还发现再漂亮的云朵

不管天上如何飘来荡去

终有一天，也要落地

2018.5.14

练　胆

也许胆小，受到欺负了

这个没石像高的小孩

在对方不躲不闪时

仍然拳打脚踢

嘴上还念念有词

近处无人

被打的石像微笑沉默

小孩表情太认真了

不亚于远处正在拜佛的香客

这小孩胆子真大

他拷打的是一尊菩萨

2018.7.4

笔到最后是骨头

笔替我说话，免了察言，不用观色
直接与万物交谈，尽说花语
不满时就狼嚎，掘地三尺
替我穴中寻宝，随悟空天宫放肆
偶尔还能回到唐朝，向杜甫作揖
我也怀疑，笔才是活着的我
在文字中言行
走到中年，笔到最后是骨头
硬过肉身。这一生
要做到力透纸背，会弄丢许多笔
像在路上跌倒，骨折
脊梁，也让别人指来戳去
我要行遍千山万水，只求最后
骨气别丧失

2017.3.23

炸开的石榴

同是一棵树上的果子

这个石榴占据了最向阳位置

拼命往上长

仿佛整棵树只是垫脚石

凭借条件优越

本可长出一张绯红笑脸

却想得太多，想大了

结果嘴歪皮裂

引来虫子欢喜

炸开的石榴太像一个人了

我仅是路过

也得警醒自己

不能长得太像那个石榴

2018.10.11

我的监狱

要建一座监狱，在丘陵最高处

那儿人迹罕至

探监的只有白云飞鸟

脸皮筑高墙

厚过钢筋水泥

熬红的眼睛

可以铺成铁丝网

关押五脏六腑

让欲望的魑魅靠近阳光

变黑的心肠

单独关小号，接受清风教育

没有一条道路只通监狱

除非自己动了手脚

最后我判自己无期徒刑

我死后，还要将这座监狱

无偿捐赠祖国

2018.11.2

冬夜广场

冬夜将一个人留在广场

比零下气温还残忍

那些雪花看上去很美

却正在堵塞他的大嘴

黑暗本不恐惧

可昏暗灯光

却让他看清——

广场上除了我，没有其他人

他所拥有的高度

不如一个火炉子

太冷了！寂静得谎言

只剩真实雨声

不过也不用太担心

他本来就是一块石头

只是假装成了人

2019.1.18

清　明

清明这天，一个人开车到贵州

一个人奔跑着祭奠自己

翻过一道道山

又甩掉一条条河

以为就此抵达了目的地

半夜突然响起春雷

我来到窗前，像才活在人世

看见闪电中

已经走过的山水

此时撕心裂肺地从黑暗里

重新向我扑来

2019.4.6

戒烟记

少抽两支，接着再少三五支

最后手上一无所有

难受才算开始，像失去组织的卧底

即使美女在侧也了无兴趣

掰着手指计算

时间从快要坍塌的肉体

缓缓驶过，还不如老牛拉破车

方圆百里虽无狼烟

更无一个敌人身影

许多戒烟的人

却在这时举起了双手

投降了自己

我也是戒烟多次失败后

才明白与自己相斗，可以其乐无穷

却也是人生最残酷

最难取胜的战争

2022.10.9

打铁或者重生

钢铁也有柔软之时

当它融入火炉，置身于

热气腾腾的场景，也会脸红

铁石心肠也会滚烫

假如被另一块已脱离火海

同样的伙伴不停敲打，不断呼唤

这时，这铁哪怕之前刀光剑影

有过威风凛凛

也得柔情似水，转身于

一把茶壶或者扳手

如果继续"恨铁不成钢"

那只能是一块废铁

这需要打铁人的力量和智慧

需要我们等到淬火时

聆听铁在水中"嗞嗞"的回声

忽略惨叫和叹息，等待惊喜来临

2022.12.13

再生稻

从刀刃晃动的地方

敢于再冒出新芽

不仅复活，也不只单纯重生

要做到像一束束火把

在天空下闪耀

令害虫战栗

要做到仅仅吸收日月精华

便颗粒饱满

即使不能粒粒像太阳

至少也是星星

站在老家的田埂上

面对这片再生稻

我在想是否也有勇气

割掉自己的平庸

像再生稻，再优质孕育下半生

我有点心动，又有所害怕

2022.2.28

站起的水有了骨头

溪水洗山，相当于磨刀

你来我往中石头被冲刷得嶙峋

山被迫投降出骨头

在骨头的较量中，很多时候

我们都听到了内心咯噔咯噔的声音

更远的声音来自圆明园的石头

那时我们只看到了烈火

溪水甚至江河都藏匿于风花背后

还要雪月多久？溪水表达更为直接

温顺的水随缓慢光阴

突然就从断崖处把自己摔向了天空

如玉碎，展露自己的白骨

站立起来的水

迎面而来，仿佛一面银镜

照得我们两肋生风

欲成大鹏，不顾了人间烟火

2016.3.27

过马路

他们用眼罩挡住光明

不理睬红绿灯

前面一人，会拉扯后面一个

将平坦马路

走得跌跌撞撞，小心翼翼

他们故意不看世界

却明白行人都在向他们注视

我不知道这是什么游戏

这群人在道路尽头

摘下眼罩后，笑谈着

又重新走了回来

2019.7.22

盲者行走玻璃栈道

盲者过玻璃栈道

闻到了身边的不安与恐惧

并通过耳朵

听出脚下河流湍急

鹰翅被风吹直

盲棍敲击出来的平坦

让他感受了从未有过的踏实

行走得便相当自如

被他甩在身后的人

此时反而像身患残疾

不理解一个盲者为何要行走玻璃栈道

如此昂贵的门票

足够换回一副墨镜

盲者听觉敏锐，却并不理会

仿佛自己积攒一生看不见

就为走向透明之道

2020.8.2

竹子套娃

我还是喜欢将他们拆开

摆放书架，尽量沾染书香气息

站成各自喜欢的样子

我还是没有勇气

将他们放在阳台或客厅

见识所谓场面。如果必须显摆

我会考虑重新将他们套起

老竹子站外面，让他们骨肉相连

也许还能勉强抵挡一下

尘世风雨

毕竟他们已经没有了根

2020.8.10

体　检

都在坐立不安

都在急着交出自己

即使饿起肚子

也不愿喝下咫尺之水

即使排起长队

"人人都在对方那里排队"①

也没人舍身离去

没有哨子也无枪林弹雨

自觉自愿亮出血肉之躯

多么感人的场景

一生难遇几次

人人都知道自己有病

也想明白病在哪里

可一旦走出医院，又闭口不提

2021.9.10

---

① 此句为瑞典诗人特朗斯特罗姆的诗句。

坐公交车

走了上来，大家落在同一高度
先来先坐，也可以将你的舒服
让给别人享受（前提自愿）
允许东张西望
窗外景色、面前美女……
尽收心底
这是你坐小车或自己开车时
难有的收获。不看红绿灯
不怕突然追尾
彻底放松，让时间与自己平静
生命从同一起跑线开始
平起平坐，上下也自由
这种幸福只有很久没坐公交车的人
才会拥有，而公交车很早就有

2019.10.12

花　市

干花进入市场，之前的
水晶草、满天星、桉树叶或狗尾巴草
就消失了。不再恐惧
风雨、雷电、虫害以及利刃
死而永生，而获得赞美
假装的生命
不需要阳光、面包、水分
变得更具价值
如我们见到的某些光芒
无人深究往昔
我徘徊于干花与鲜花之间
像要选择现在和明天
天色渐渐暗下来
再过一会儿，花市
将失去缤纷，一朵鲜花开始枯萎
一束干花在着急

2019.11.20

瞄准！砰，砰砰……

有一个人，在你不注意时

突然掏出食指与拇指

瞄准你，砰，砰砰……

你恼怒地大吼一声

他后退两步，又继续抬起手臂

嘴中仍然：砰，砰砰……

你假装上前一大步

他就真的后退两步

真的只像游戏

直到黑夜完全将他吞噬

才肯放下枪声

有人说，那是一个疯子

不过手枪瞄得真准

2020.7.25

都在飞

我是飞来的

在天空待了三个小时

坐车一小时才抵达二环内

来一趟京城不容易

不知道入冬了也有蚊子

所以在国际饭店一侧宾馆

我彻夜难眠

一只蚊子始终有话在说

也不知道是不是

我从千里之外的四川带来的

反正不敢轻易下手

它是一只蚊子

可今天它是一只京城的蚊子

就这样我与蚊子各说各的

直到天亮看到窗外

飘落一地银杏叶

2020.11.10

钥 匙

已经不止一次

钥匙被我关进办公室

一次是朋友催喝酒，站起来就跑

另一次是领导召唤

紧张得手机都没拿

更多遗忘如同岁月

莫名其妙就关闭

我只好将办公室钥匙

在家中放一把

家里钥匙又在母亲处放一把

这样钥匙再锁进办公室时

依然可以打开

只是要多走一些路

浪费几缕阳光

有时想想也可怕

自己的情形现在真像一把钥匙

2020.12.24

小人儿

小区树上，一个气球小人儿
挂了很多天，也不泄气
小人儿背后，有一根细长白线
我跳起来，却拉不着
高度刚好等于不可救

从小人儿胯下经过
还羞于说出有过这种情形

2021.3.25

旧西服

挂在衣橱中的西服
当纽扣被解开时也有微微战栗
虽然伸向它的手
远不如二十年前光滑细腻
甚至还冰凉彻骨

可西服浑然不知
西服有过一两次光鲜
却如获得阳光千万吨
足够在幽暗中
抱紧鲜花绽放的梦境

我们不知道
那人为什么要一脸不屑
尽管岁月提起了熨斗
可西服并没有一粒尘土
也没满脸皱褶

总之那人现在必须穿西服

西服活下来也许就等这天

哪怕这天只有一个小时

一个小时可以令那人不舒服

却让西服长出了一个世纪的气

2021.11.3

短　诗

写得最短的诗
应该是年少时的"啊"
没来得及合嘴
满口牙齿便掉光了

写了二十年
现在终于多出一个字
变成了"呵呵"

2022.1.30

老年得痣

古代某英雄
六十岁后脸上突然长痣
果然老年得志
赢得江山，不负众望
留下励志佳话

我年过半百后也长了痣
不知是敬佩英雄
还是也想暗暗立志
总之愈长愈大，镜子中
它就是一颗黑痣

其实之前只是粉刺
我不断挤压，流了一些血
每当愈合时，脸上发痒
又再次剥皮
一颗肉痣终于熬成

有些志向就这么简单

不让伤口愈合，一直疼痛就行

2021.10.18

玉兰花开

等到雨雪下完
等到叶子掉光
等到都以为树子死了
玉兰花才悄然
把白色花朵挂满天空
为自己摆上春日酒杯
也同时哀悼冰雪

2021.2.25

骨　剑

直到颈椎腰椎多出铁锈

挤占我们疼痛

直到躺进泥土中人

把墓碑抱成磨刀石

我们才恍然大悟

每根骨头都是一把利剑

我们活着时

许多剑便已死在鞘里

要保持骨剑锋利

需要磨掉一层层皮

因此许多人喜欢并选择

让脂肪厚厚堆砌

温暖同时温柔

以柔克刚，让陷入其中的骨头

或者剑，光芒渐渐消失

2021.3.10

术　后

我还能睁开眼睛，还能在
阳光中辨别出灰尘
要感谢手起刀落
有一种医术叫重见光明

麻醉的日子
闭眼也能看到遍地黄金
灯红酒绿的肉体
自然难遇蓝天白云

清醒之后
黑暗收回了所有馈赠
当我不再麻木，认万物为亲人时
疼痛反而开始

2019.10.30

朗　读

站在台上，我做不到牡丹的从容
秋风刮得普通话无法稳当、连贯
像那年开车翻越川藏线
折多山下，人和车高反
川音平缓，通过丘陵代替情感
我曾试着要将自己大声喊出来
可盆地边沿太高
外面耳朵，伸得太短
不管怎样朗读，都难以准确表达
我从春调整到秋，耗时五十年
还是达不到播音效果
那种一字一句，复述别人的语言

2017.4.17

危险性

有过长途驾驶经历的人

会有所察觉

行驶在一条平直道路上

沿途风景重复

就会迎来厌倦和疲惫

因为设定了目的地

又不能停下

日夜奔跑中总有那么瞬间

驾车的只有肉体

灵魂却悄然离开了路面

危险在于车上乘客

浑然不觉，仍谈笑风生或昏昏入睡

很多时候悲剧就发生了

很多时候又突然惊醒了

更危险的是有人经历了许多次

仍在路上乐此不疲

2021.3.13

玻璃栈道上

过了玻璃栈道的人

忘掉刚才的战栗与不安

对还在玻璃栈道上紧张的伙伴

欢笑或者假装恐吓

但不管他们对后来者

采取何种态度

浑然不觉自己身下

仍然万丈深渊

2020.8.1

要有光

普通的正午

春天撞进书房时突然带来七色光

拥挤的空间顿时醒了过来

箭头的光线

直接插入布满灰尘的书架

文字开始流动

还有几支射向了天花板

让我必须仰视

这些七色光

并非阳台上的花草馈赠

而是我不经意碰到了烟缸

玻璃中蕴藏的光芒

通过书籍与火焰

终于在这个春天绽放

前提是要有光，出现在合适地方

还须历经千辛万苦，找出它

2020.10.21

我看见了骨头

从骨科医院出来

我的目光也学会了核磁共振

能看到骨头病灶

那些飞奔车辆

挤向灯红酒绿的人群

许多骨头开始变形，却浑然不觉

板着面孔的田土

积淀太多岁月

骨头已经严重磨损

奇怪的是火葬场骨灰

黑白胶片还能发光

证明炎症并未消失

让我为泥土担心

诡异的是

再看自己，竟然找不到骨节

2019.11.27

夜机场

需有强大心脏

消化天空不断撕裂的声音

需情感足够

容纳悲欢离合

还得根据永恒的背景

调整一生为一夜

完成天上人间

适应机场无眠，灯火通明

事实上许多时候

我也是这样将自己扛到天亮

无非今夜在机场

可以有梦，等待明天起飞

无非明天不飞，对不起今夜

对不起熬红的眼睛

2019.10.13

叶子开花

三角梅开满大街小巷

经过多年栽培

终于不再引人注目

那天我偶然抬头

看到一汪红浪中

悄然浮出几片绿叶

才想起它们本名叶子花

夏天燃烧的城市

那仅有的几点春色

始终不愿红，也没灰烬

2021.4.18

骨　病

不管什么药

必须先通过火或温度

才能抵达骨头

即使银针、手术刀

那也是火焰结晶

除此之外

其他治疗无效

我明白骨质增生

因欲火堆积

像一直望着太阳的向日葵

只能将头颅低垂

最后回到火里

以火制火，以火灭火

而在此之前

请先让我痛一会儿

2020.10.26

端午这天

这天屈子投江

救活了许多野草

艾叶、菖蒲、青蒿、柚叶、香茅……

均焕然一新

亮出一年才被喊一次的名字

带着泥土跟随背篓、汗水

来到城市。这些露珠中的草叶

面对高楼大厦略显羞涩

而卖草人那么多

我却没有一个认识

只能远远看着

浓烈的药味千年也难散尽

端午这天，似乎我们

病得不轻，一条江也充当了药汁

2019.5.9

呕　吐

连一口水都难以咽下

仍呕吐不止，吐肠、吐肺、吐血

全吐完了，仍差一个人间

还挣扎在心底

我承认偷吃过一只落单小鸡

也喝过鹿子鲜血

但无法算清

吃了多少头注水猪，喝了

多少口浑浊江水

我随时准备吐出最后一口气

在大吃大喝时

确实没有想过要吐出来，要为天地

把自己作为欠债，痛苦偿还

2018.2.4

第一日

走在新年街头

能够抵达的地方

差不多都能看得到了

昨天走得太急，将一年走成一日

穿过拥挤人群

追赶另一具肉体

结果膝盖严重磨损

还酒精过敏

现在我像一把即将放完的卷尺

所剩时间很短

能够丈量的地方

没有一天能超过 24 小时

当我还能清楚计算出时间时

光阴应该是卡住了

第一日后，明天也是

2020.1.1

2019：最后一杯茶

这是今年最后的一杯茶

茶叶也变得激动

窗外阳光明媚，鸟儿鸣叫

可沸水力量

还是将茶叶随 2019 一起落下

似乎我才看见，灰暗的茶叶

可以容光焕发

绿色双臂努力向上

它们都是今年的春茶

伴我度过了酷暑、秋风、严寒……

需要多少隐忍和耐心，才能做到

依然头脑清醒，抵抗衰老

这种有点苦涩

又清香甘甜的生活

年终成为许多人的回味

春水和冰雪同时荡漾

2019.12.29

命　名

种在泥土中的寺庙，长势良好

拥有丰收气象

我喜欢根据色彩形状

命名为金庙、红庙、白庙、黑庙……

可穷其一生

我还是无法一一拜访

做不到听到音乐就念经

看见菩萨便烧香

最让我尴尬的是那些普通寺庙

像春天蓬勃的野草

我实在想不出那么多好听名字

为它们叫一叫

有次梦中相遇

情急之下，我只好自己先醒了

2018.11.25

骨　针

几千年前的针也不再是针
除了穿流水，缝起漏掉的光阴
更多时候用于陈列展览
装订失去的记忆

透过玻璃，骨针细如毛发
却依然刺痛神经
一个人需要多少耐心
才有可能将赞美磨成针尖

针眼最值得琢磨
那是动物骨头
也是人的骨头
比芝麻还小，我更愿意看成
世间不肯闭合的眼睛

2019.10.24

邂逅青铜器

作为复制品，你比埋了两千年

再埋进博物馆的真品

放大了两千倍

与人邂逅多出两万次

承担日晒雨淋

目光挑剔应该不少于两亿次

我也做过替身

替别人揽下过许多事

现在夕阳西下

我得回到一盏灯下

暂时找寻真身

而你即使身处黑暗

也依然无法缺席。我也相信

夜深人静时你肯定哭过

否则晴空万里

广场上不会呈现那么多水渍

2019.2.17

向天空举杯

玉兰树长得很高

走了很远

我回过头来还能看到春天

玉兰花争先恐后

向天空举杯

与我年轻时相仿，只要端起酒

便不顾一切与命运碰撞

直到醉得不明不白

只活一季的玉兰花，就算消失

也是落英缤纷

不像我三杯酒下肚

便扶不住自己

在春天，我只想许一个小小愿望

——即使我倒下

也能像玉兰花那样

还能将酒杯端正

2017.1.18

挖　坑

喜欢在沙滩上玩耍的人
往往会刨出一个个沙坑
让海水慢慢浸入
慢慢填充自己的某种欢喜
挖坑时并不知道
后来坑中有过鱼虾
也埋葬过风雨
我们再次遇到的坑洞
都是别人的设计
仿佛我们挖坑
从来就没有想过自己需要
也没有想到留给了别人

2020.1.17

广播体操

过去不是这样，那时手脚是身外之物
伸向天空，踢给大地
队列归老师，嘴上一二一
目光空洞地装在其中
前后左右相差无几

今天我在自家阳台，舞着落日节奏
依然做着 30 年前的动作
有些失忆，有些僵硬，但绝对认真
广播消失了，只能自己喊自己
直到夜色将一个人剔除出去

2016.9.11

2020.02.02

千年才数出一次的日子
有幸参与了形成
我必须为这串神奇数字
为活在这个数字里
对命运表达感激
无论今天寒风还是冷雨
所有爱恨情仇
我都能接受，并保持平静
只有活明白了的数字
才会顺数逆数都数成相同花儿
并且全都指向此时
我真的喜欢这种情形
人人举起手机
都在对着春天自拍

2020.2.2

春水不可浪费

如你所见
庚子年春节捂进了一只口罩
我也常常将身体关闭
季节走到门前为止
也就在这时，千万吨阳光
突然压醒睡眠。透过窗户
我还不能看到完整天空
却听见远方江河
有不安声音在梦中破冰
回过头来，女儿在一团光亮中
弹奏贝多芬
我伸了下懒腰，想对你说
摘下口罩，我们去游泳
春水不可浪费。我刚站起
春天也随着立了起来

2020.2.4

峭壁上的树

从石头中长出
上不沾天，下不着地
要成为栋梁之材，确实不易
悟空只有一个
我也是偶然坐电梯
才看到了你为了活下去
挣扎得扭曲变形，甚至狰狞
这不足为奇
奇怪的是一些仰望你的人
他们对云雾中的影子
总是反复赞美
仿佛地上的树木就不需要
经历风霜雪雨
既然我已看清了
不妨说出你确实无用
还要指出那儿是危险之地

2019.3.19

蓝天白云

白云堆满蓝天
触手可及，又无法把握

许多人都在仰望
仿佛那是一生修行
凝聚的一滴露珠或者泪水
渴望抵达的干净

有些污水混入其中
从而乌云密布
让阳光皱眉
于是大地某处便有了阴影

好在我们都能看到
乌云膨胀后自己无法站稳
最终坠落
给人间带来一场风雨

虽然不知天空究竟发生了什么

可雨后我们非常畅快和惬意

2022.8.8

第二辑

长江从家门前流过

喊一声：父亲

趁没人，面对冬日长江
我忍不住喊了一声：父亲
江水并不因此激动，它老了
瘦下去的河床中，露出骨头
还漏洞百出
几只水鸟立在上面，朦胧中
像是几块墓碑
我站在岸边，淤泥张开大嘴
已经有水喝不到了
腐烂无法抑止
我的绝望如夏天洪灾
泛滥，蛮横，席卷一切
趁我还在恍惚中，儿子
突然从背后将我拦腰抱住
大喊一声：父亲

2018.1.24

候 机

"前往泸州的旅客向树卿

请你马上到 2021 登机口登机"

广播播了许多遍，摆渡车再次开来

可向树卿没有出现

我们看不到一个年轻人

带着 20 世纪 50 年代的朝气走来

也没看到 2018 的一个老头

拄着一小片肿瘤

颤抖着咳嗽千万遍

只有我知道向树卿不会来了

他是我父亲

2018 年 5 月 21 日搭乘天国飞机

已抵达了星辰

可我仍然喜欢听广播一遍遍呼唤

不敢离开，害怕他突然来了

找不到儿子，也会去机场广播站

2021.10.2

梦中打铁

榕树下的铁匠铺

打铁的父子正在赤膊上阵

交替落下的铁锤

砸得炉火通红

也把门口看打铁的我和父亲

看得浑身发热

火星不亚于鞭炮爆破

却落不下半点声音

随着打铁人肌肉颤动

钢铁悄然熔化为水

我们看得入神，忘了外面飘雪

忘记夜深人静

幽暗中父亲说了一些话

我要重回梦境才记得

只记得他还没有老

一直牵着我，醒后才放手

2022.2.4

狮　子

一头老狮子，拖着血染的夕阳

缓慢，孤独，走向沙漠深处

它败给了另一头雄狮

完美地输给岁月

王国就此坍塌，曾经的荣耀、尊严

换成一具残躯，回归黑夜

这只是电视画面

仍看得我潸然泪下，让我想起

远方患绝症的老父亲

也像老狮子，此时正躺在病床

眼巴巴地等我回家

等待我成为另一头雄狮

2018.1.15

他不是父亲

我真的不敢相信眼睛

病床上的父亲

轻得像一张纸

医生不敢下笔，菩萨

屏住呼吸

这应该不是父亲

我的父亲不是英雄

也应该是肩挑一家老小的汉子

这咬紧绝症，始终不叫痛的老人

只是上天飘来的一份状纸

他不是我父亲，也不是你父亲

但我依然将他抱得紧紧

生怕窗外挤进寒风

哪怕一缕，也会将他吹没

2018.1.18

与父同眠

不是第一次，但肯定是最后一次

明天你将成为火焰

带走所有泪。困扰一生的

命运、悲伤和遗憾

明天它就是灰烬，趁着天黑

雷雨也前来泥泞

父亲，一切的一切

都阻挠不了我们今晚安息

让哀乐成为最平静呼吸

让你最小的儿子

最后一次有父亲相陪

在你前往天国路上

带着我酣然入梦，因为

睡眠不属于死神

2018.5.22

纪念馆中再长征

八十多岁的父亲，参观长征纪念馆

十分专注，三分在意自己形象

七分像在寻找组织

他放牛娃出身，牛跑后

果断参与打土豪分田地

后来还反对我穿牛仔裤，买奢侈品

在一群灰装的军人中

他行走自如

紧跟红旗，挂着拐杖

散发出战士容光

尽管耳朵已聋

听不见虚拟的枪炮声

可年迈步伐，还能跟上讲解员话筒

沿着红色箭头，继续长征

2016.7.26

打虎上山

我还保留着这个视频
那是父亲弥留之际
我为他播放《打虎上山》
动身天堂的父亲
留在了人间的最后一串眼泪

山里出生的父亲
扛过枪，却遗憾没与老虎
有过针锋相对
只好一边唱着《打虎上山》
一边又把锄头握紧

地里挖不出老虎
红苕苞谷也难填饱日子
川南少林海，更是罕见雪地
父亲嘴上的"气冲霄汉"
往往还会跑调，只能吟哼

我听着《打虎上山》长大

一直都想豢养一只虎

喝庆功酒，供父子上阵

可壮志未酬！这段视频

不敢删除，我仍在等虎啸一声

2022.4.5

父亲准备搬家了

父亲准备搬家了，他用尽一生

咳出最后一口老痰

像要吐掉人世

可天堂那么高

他哪有长出翅膀的力气？天天

咳嗽，饥饿，出血

心中肿瘤沉重下坠

我也累了，多么想随他而去

可老母亲被大雪覆盖的屋顶

还在大地摇晃

春节就要来临，回家的路

深深埋进了雨雪

2018.1.19

父亲与狗獾

夜色将中坝与河水连在了一起
那些狗獾还是无法跑出
猎犬的狂吠
后面手拿火药枪的父亲
不费一枪一弹
便挖出了逃进洞穴的绝望

积流成沙的中坝
不仅长出蔬菜花生
还端出了一盆冒着热气的野味
营养不良岁月

后来父亲将狗獾皮子
镶成一块毛毯
挡住了那些年的风雨

今天狗獾不见了，父亲也走了

皮毛依然柔软温和

躺在上面，梦中

很多时候我都无法分清

我是狗獾，还是提着火药枪的父亲

2022.4.16

母亲的菜园子

仿佛只剩这点盼头了

母亲将阳台花园

全部改种成了

菠菜、辣椒、茄子……

她的愿望

随阳光和雨露长了出来

长大了的儿女

偶尔回家，带走这些

新鲜的喜悦和微笑

此时母亲会在一旁

深情地望着菜园

眼神不亚于当年抚养儿女

那种开心和慈祥

而更多时候这些蔬菜

会烂在泥里，像她的病痛

很少在儿女面前提起

2021.5.29

花儿与蔬菜

戎马一生的父亲，在晚年
将大阳台拾掇成一个小花园
用举过枪的手捧起一片缤纷，引领着
阳光和花香进入客厅、厨房以及我们的笑声
直到花儿枯萎，父亲随蝴蝶远飞

留下来的母亲，在干枯的泥土上
全部种蔬菜，换来点点春色
电话中也时时传来这样的声音
"快点来拿菠菜、葱花……
再不采摘就老了，烂掉了"

偶尔回家，每次站在阳台上
总恍惚看到父亲埋首泥土
母亲站在旁边提着花洒。年轻和苍老
花儿与蔬菜，常常令我们混淆

在母亲种下的蔬菜中

有许多都开了花

2021.1.31

时光就在这时脱臼

仅仅弯腰清理冰箱

腰椎骨便破裂了，母亲并不知道

岁月比冰块更容易融化

直到痛得无法下床

她才犹豫着告诉了我们真相

陈旧的冰箱结满冰霜

要等断电后，冰块才会慢慢融化

年老的母亲却等不及了

想用看不到的骨质疏松

对抗流水的坚硬

时光就在这时脱臼

悄无声息，像冰箱轻轻合上

2022.10.30

工厂遗址记

机器曾经热闹

现在安静了，与我一起回忆

青春和热血

只有墙上标语不理会岁月

依然醒目，让人沉默

破旧厂房

已经无法再现当年盛景

我试图展开诗歌想象

描述此时此景

但好像对老照片上

笑容、服饰更感兴趣

而在这里裹了一生油泥的父母

此时应在小屋子煎药、晒太阳

等待黑夜来临

不如这些破铜烂铁

还有人在不断擦拭

2019.2.16

秋夜见女儿

火车站的钟声似乎没有改变

传来深秋晚上七点整

灯火明亮的国际饭店

比年少看到时似乎要矮一些

我的生命也在变矮

站在夜色一角

唯有远去的女儿背影

更加高大清晰

女儿坐地铁从郊区赶来

留下几句话

顶着风又匆匆离开

京城也许很大

还将更大，而我目光短浅

只装下女儿

几片银杏叶落在了街边

零点的钟声再次响起

将女儿昨晚笑声，敲击得更加清脆

2020.11.9

女儿游泳记

三岁的女儿

手划脚蹬，往河中游去

她以为父母就是救生衣

自己不会下沉

看到那面人少，水也干净

却不知远方

落日正在下沉，黑夜即将来临

而水下漩涡

足以装下许多生命

当有人惊慌呼叫

我们把她推回岸边

她才"哇"地大哭起来

对于错误浑然不觉

更不知江湖水深

2020.11.19

我家钢琴

只比女儿小三岁

女儿外出多年了

钢琴仍蜗居一室，沉寂多年

无论体型还是价格

仍算我家重器

擦掉灰尘，仍会传出声音

走出理查德·克莱德曼、莫扎特和贝多芬

只需女儿手指再次弯曲

再挂满眼泪

就有可能与我们相聚

可大师们都走远了

偶尔回家的女儿，从不去碰那钢琴

仿佛不愿伤心童年

重新响起，更像是不愿揭开父母

一段失败的教育

2021.7.11

雪

雪有单纯的白，不管遇到雾霾、乌鸦、泥泞……
也要白，她也是
雪有复杂的舞，不管落在高山、丘陵、平原……
都要舞，她也是
雪天性温柔，不管碰上钢铁、草木、江河……
往往深情相拥，以身相许
她也是

只是今年的雪
重复着往年的雪
可她不是
她是回忆，也可以是初恋
还可以直呼其名：雪，雪
自从她消失后
我每年看到的雪，都不是雪

2021.11.10

烧　水

一壶水烧开了
我忘了关火，水不见了
又烧一壶水
等它沸腾，房子差点跑了
这一天，我都在与水较量
水瓶却一直空着
这多像我一生
一直在为一个人燃烧
为一个人行到水穷处
将自己空着

2016.8.11

下雪了

想到气温突然下降

便微信她：山里下雪了吧？

她回复：还没，只是冷！

并发来一张照片……

山中一栋老房子

门前蹲着一条大白狗

她不知道，我已经看到

山上确实下雪了

2020.12.15

再到爱情天梯

我曾经来过，带着满身热血

想踏平陡峭山路

爬得很高，走了很久，

天上有天，爱情遥不可及

最后半途而回

再次来到爱情天梯

尽管苟延残喘

可以提供再走一程

我却不愿意再爬了

去过的人请不要告诉我

爱情是什么

我要将它寄存天空

没见过就不见了

这样我还有爱情可期

2018.11.8

反　复

看到一个人
在沙滩上用枝条
反复写着一个人的名字
我说的反复
是海浪的反复
一会儿就冲走一个人
那个人仍不厌其烦地写
就快把太阳写进大海
快把自己写进黑夜
那个人也许是我
我依然看不清写的是谁
也许就是自己的名字
这也有可能
后来天黑了
我已经看不到那人了
可那儿还是大海
海边上有一个人

反复在沙滩上写字

想留住一个人

2020.12.21

寻　痣

一颗红痣，长在美人左乳下

有刻骨铭心那么大

比二十三年还亮

当时我跌倒在乱石中

失手弄丢了它

找不到了，也找不到自己

在酒精中渐渐沉没

痣上有一个未实现的承诺

还在江面若隐若现

如果你有这样一颗红痣

像宝石闪耀，像星星永恒

那就来吧

我还住在长江边上

如果做不到以身相许

我愿意在自己右乳下

用悔恨的刀也刻一颗红痣

2021.4.26

那就是一只鹿蹄

冰川中的一块腐木

被她捡起，逢人便说像鹿蹄

雪山上除了游客

全是猴子，哪来鹿影

等她把它清洗干净

带回千里之外的家中，我们相信了

那就是一只鹿蹄

2021.6.29

小温柔

那是一段崎岖山路

中巴车装满了颠簸和汗味

我们坐在后面

昏暗灯光照亮她在过道摇晃

却不妨碍她

努力将自己向我靠近

要把多出来的一份血肉

交给我把握

多么小小的温柔呀

随着中巴车跳动不停

拥挤的人群中

她知道自己的小

却勇敢挺过来

让我掌心至今发热

每次洗手都舍不得用力

其实再小的爱情，大海也难以洗净

2021.5.10

等你客栈

等你变成一间客栈

道路便崎岖漫长

要穿过一片原始林

历经十滩九溪

头顶四季，青丝熬成白雪

直到身心疲惫

听见蛙鸣荷田

红灯笼下"等你"客栈的店旗

飘过脸上皱纹

你才有可能等到了要等的人

抱头痛哭。没有等到

也不用唉声叹气

至少等到了另一个你

如释重负放下了自己

这时你会发现自己很轻

轻得甚至不如一片荷叶

2021.8.27

春天来电

春天来电时，我还在梦中

她咯咯笑个不停

像闹钟和清晨的鸟鸣

先是桃花、李花、梨花扑面而来

我和她依偎江边

看初恋和往事的浪花

油菜花一样荡漾

后来虽然没有洪水

可秋收镰刀，我还是没握住

香气向下游飘去

当又一个春天接通

花木也接近退休年龄

醒来后只剩一股电流

我和春天都久久无法平静

2022.4.1

在　乎

每次和我在一起
都能看到她戴着
我送她的手镯
说明她在乎
很多次在朋友圈
我都看见她戴着
别的手镯
说明我也在乎
而我更在乎
她能知道我一直对她在乎

2021.8.28

回　来

她在山上筑路

暴风雪中有一条老狗

陪伴左右

不止一次对自己说

——叫她回来

回到一盆火炉

可这也许是她最后一次

有可能把路铺向山顶

把松散筋骨

收紧为雪地松针

面对这种情形

有人说是爱情

也有人说是日子

冬天发生的事情

不管怎么说，要到春天才会清晰

2021.1.4

我的密码锁

从跟随我那天起
密码锁就锁住了我的生日
带它去健身房
见识了汗珠和钢铁
还陪我爬上过山顶
在云雾缭绕中镇静地
锁住一亩三分地

就是这样一把粉红小锁
昨天竟相忘于江湖
忘了带它回家
也许有人发现了
它浑身水渍
庆幸它依然守候在那儿
即使有人想带走，也无法打开
固守的秘密

失而复得，谈不上什么惊喜
我只是悄悄将密码改为了爱人生日

2021.1.10

那些花儿

她行走郊外

拍来桃花、梨花、李花

像要送来一个春天

那些花儿张开嘴唇

似乎有话要说

可枝头上又明显还有残雪

我不知回应点什么

潜伏了数九寒冬的肉身

慢慢地像要打开

却始终不能起飞

也许最想看到的那朵花儿

还在镜头外面

2022.2.28

有些冰川

残留的冰川前

你融化了女人所有妩媚

我都不忍心告诉你

冰川原来不是这个样子

他高大挺拔、雄姿英发

草都不敢多长一根

只有花豹才有资格留下足迹

不是现在这个样子

七零八落裸露筋骨

仿佛老泪浑浊，随溪流纵横

既然不知道，你当然可以

与杜鹃花比婀娜多姿

拥抱温泉，让幸福洋溢

可我还是想告诉你

我怕来不及……

2021.6.22

束河遇雨

丽江泪，不好意思直接落下
忍到几公里外的束河
才全面爆发，所以这雨
下得很动情
仿佛知道我颠簸了一生
才走到这里
似乎要用密集雨水
缝补我那些破碎孤寂
这些飞来酒水
应该有她在丽江
为我留下的一杯

2018.9.2

假　装

她假装害怕

你假装恐高

你们心存欢喜，却假装犹豫不决

行走峡谷玻璃大桥

置身峭壁悬崖

你们没有翅膀

顺其自然，她收回矜持

假装颤抖着递出小手

你顺势揽住了她

玻璃明亮，你们的假装

瞒不过自己

挪动着加速的心跳

你们真实地

走过了假装的玻璃大桥

2021.4.4

过　程

时间的通道上
我们站在各自家门
小心说着现在才敢大声说的话
有时你脸红一下
配合我假装的老成
不靠近也舍不得远离
偶尔望望窗外蝴蝶花
便像嗅尽了人间香气
即便不说话
就可以站成地老天荒
有人从我们面前走过
只当风吹了一吹
那时我们还没门框高
却自认为知晓了天下
不像现在真正老了
只剩回忆，几十年只需几秒完成

2020.12.12

魔镜慧眼

亲爱的

我新买了一部手机

免费得到一个摄像头

现放在办公桌上，没带回家

我还没想好安放哪个位置

家中没猫狗

不怕翻箱倒柜

也不会有小偷，钞票

全是手机数字

偶尔光临的老鼠和蟑螂

即使监控到了

我们遥不可及，只会着急

摄像头名叫魔镜慧眼

我着迷于这个"魔"字

很多事情知道了

魔结会纠缠得愈紧

慧眼虽然好听，可看多了

也未必就是好事

亲爱的，好在这个摄像头

有着企鹅造型

不仅有波涛，也应有大海的宽阔

我想作为摆设，放在床头

监控我们梦境，请你同意

2021.11.18

两只打火机

我有两只打火机

一只防风，也能防雨

火焰一直有声

另一只什么都不防，按一下

便跳出火苗

按着不放也能当火把

那天我做了一个实验

把两只打火机凑在一起

瞬间像遇到狂风

火焰与火苗互不相让

难分高低

两只打火机瞬间变成战斗机

可许多时候我只用于点火

看烟消云散

却始终放在手心

像一直跟随的爱情

2021.4.4

我　们

多么不可思议

仿佛我们不是站在街边

旁边也不是公园

仿佛路过的车辆和行人

只是花草，有点声音

那也是星星眨眼

路灯照亮我们的皱纹

我们也只把圆月当作镜子

懒得动弹，懒得看别人的脸

闹市中的塑像

与风雨无关

只有你看着我，我看着你

究竟说了一些什么

这很重要

重要得一定要让我们相信

人生美好，真有这么一段日子

2021.4.30

想

她在微信里说
她是想我的，这我相信
因为我也想她
可想是什么？不是拥抱
也不是亲密
想不出来，我就使劲看
看从这道门
到那道门，进出的门
同一个城市
像有千山万水
特别在我们同时说
好想你时，特别在我们都不说了
只是想你时

2021.6.2

诗　影

好友詹永祥，写诗至极致

能把手中一朵野花

造句为美人缓缓走出浴室

现在他把镜头对准我

配上满山梨花，让我撒野

露出帽檐和半边脸

压住鼻尖上黑痣

抒情有如他向美人的逼近

曾经有人把我们比喻成

沱江上的两片刀，插入水里

带不起来半点涟漪

抽刀不断水，却要劈语言的枝叶

削去诗歌的疤痕

被他框进去的摄影

人退在了后面，大片留白

允许春光挤占部分

2016.4.1

送　别

送你到天堂继续写诗

蓝天当纸，大海作题

你在人间没写够的，再骑白马吟

天堂有公主，请继续情爱

继续抽烟、喝酒，戏说乾隆或李白

真有那么好吗？为什么还叫送别

我送你一支烟不香吗

我送你一杯酒不浓吗

别把这个雨夜，弄得泥泞

除了泪水，其他流水都不叫送别

除了仙界，别的地方都放不下诗人

桃花潭水太深冷

我只需要手掬一尺，擦尽眼泪

2017.3.15

你说，我听

——给王子俊

之前你已经说了许多
关于金沙江，关于白马林场
菊花中那个隐者……
但我知道你还没说完
诗歌只是道具
你还想道出许多"志"
矮脚马早已跑出我们视野
可你手中依然还亮着马灯
来不及为你加油
已是倾盆大雨。关于痛
关于脱掉肉身后骨头破裂
不值得一说再说
我们只看秋风吹落一朵花
雨中又走来一个人
嗯。你说，我听

2022.10.2

敬酒一杯

端起这杯酒，我端起了一个大海

汉字汇聚成波澜壮阔

也有意外言语

布满漩涡和礁石，与明月诉说

我不谙水性，却曾经沧海

更有酒中火焰

早已燃尽激情

可面对你，我还是没忍住

喝下一口

你没打招呼，就悄然离去

剩下半杯，我再也找不到

与谁相碰

我准备将余生留着

到诗中与你再饮

2018.3.19

长江从家门前流过

长江从你家门前流过

也从你身体流过

仿佛每天都有许多苦水

要随长江倒入大海

坐在门前的祖父

曾被江风吹皱眉头

母亲倚着门框

眼角也常被江水打湿

长江除了带上你，还带着泸州

穿三峡抵东海，故乡变得宽阔

即使看不到长江首尾

却总有几百米，停留你家门口

长江也从我家门前流过

哪怕醉中忘记你名字

我只要朝对岸喊——长江

浪花顿时起伏回应

2019.2.22

宽　阔

不管熟悉或是初次见面的诗友

只要在泸州握手后

我都喜欢带他们去馆驿嘴

那儿是沱江和长江的拥抱处

不管结束还是开始

其江面在方圆百里

都最为宽阔

最引人入胜

我们什么话都不说

就可以看到川西北九顶山上的一滴水

与来自唐古拉山的一粒雪

在此交融，永不分离

并汇合千万里

2021.10.29

逆　流

面对流水
我有过两次逆游经历

一次是青春冲动
把头埋入水中，拼命划动手脚
呛水，气喘吁吁停下后
发现自己还在原地

最近一次
自认为掌握了游泳技巧
熟悉江湖水性，面朝上游
结果身体却在往下漂浮

一次你会笑我不知深浅
而另一次，看成我是在随大流

2022.12.28

夏　至

将春色还回去，交出鸟语

花香也不要

只留玫瑰的刺，扎根一生

直到疼痛埋进土里

收拾干净后，你就可以回来了

我已沏好一壶绿茶

只泡云淡风轻

趁夏天来临，我还拿得动笔

在门前挖一口池塘

蓄满暴风骤雨

热不可耐时，我们就跳进水中

幸福得像两条自由的鱼

2019.6.20

高粱红了，我也老了

老了才开始红

我为自己缓慢的成长感到羞愧

只好从滚滚长江中撤出

退回永兴村，成为一粒高粱

这样我就有了十万亩

被阳光晒红的乡亲

大家都在红，我再躲着成熟

那多不好意思

一起享受北纬 28 度江风

将日子结成果实

忘掉短暂扬花抽穗

就这样红下去，一直到老

再老也老不过青山，更别提江水

低头告别天空，纵然肉身熄灭

还有酒的火焰，替我

照亮人间悲欢，看见清风明月

2019.7.23

在别院

生日相聚在别院

酒瓶变成了一个个空房间

我们坐进去，看桂花落下来

再把燃烧的蜡烛

吹灭，像吹掉

来到人世的一年又一年

假如就此作别

明年生日还定别院

我们重逢会不会像重生

一些花香在了别处

一些人再也不见

2019.9.13

星空下

埋在酒中的明政兄
突然抬起头来："头发都写白了"
他是在说写诗
刚好又在中秋前夕

其实写不写诗头发都会白
喝不喝酒也有雪
只是谈笑风生间
李白的月亮若有所思

于是酒尽时
诗也只剩一句
出现在夜色中的一群人
星空下满头白雪

2020.9.16

听到了吗

一个老人站在马路边
大声打着电话
"喂，喂喂，你听得到吗？"
行人听到了
城市听到了
天空也听到了
只有老人自己听不到
车水马龙中夜色喧哗
他拨出的是一个空号

2021.7.10

暖身贴

这个冬天开始用上了暖身贴
薄薄一片，与我共同抵挡
寒冷和疫情
贴着背心或者脊梁
别人看不见，风雨也难接近
呈现出来也许是一壶热酒
也可以是一声问候
后来我才发现这种暖身贴
自身不发热
需要体温和热量刺激
这意味着想要人世暖和
必须自己率先发热
其实一个人在母腹里
便拥有了暖身贴
这种温暖的获得，天地不语
有些人自己也不晓得

2021.1.20

看望一个人

我们约好的时间
刚好雨停
不下雨了是不是意味着
我们不再行走泥泞
她也可以从病床上爬起
看看人间放晴

我们约好去看一个人
其实没考虑过雨打风吹
只想捧上一束玫瑰
捎带几句沾着露珠的言语
让药味中的医院
重返草地

我们不提疼痛
不看伤口流血
更不拎出自己的毛病

总之看望一个病人的时候

我们必须全身干净

2020.1.18

红高粱或一壶老酒

难怪逢酒必醉

原来心中始终还有一片红高粱

从未收割干净

那是长江边上一亩地

从我出门那天

就开始像十万把野火

昼夜燃烧

也是父老乡亲晒红的日子

努力向天空靠近

我正是这样抱着一壶好酒

长江一样永不枯竭

即使喝水也会醉

2019.7.15

两江交汇处看什么

托马斯·温茨洛瓦戴着

"欧洲最伟大的在世诗人之一"的帽子

正在弯下八十岁老腰

抚摸长江

脱掉昨晚在金色大厅

接受鲜花与掌声的西服

他执意要将立陶宛的眼睛

盯在这两江交汇处

我只看到江面比其他地方宽阔

小小水鸟与钓鱼工具

在此汇集

也不知这个将自己与中国

比喻成李白对敬亭山的老头

又看到一些什么

握手告别时，只感到他像波浪摇晃

手心还一片潮湿

2018.10.18

李子熟了

雨突然就将李子淋红了

几个人拉下树枝

再用树枝钩下天空

抓了一把又迅速跑开

李子树上的雨水

还是淋湿了他们

一棵长进深山的李子树

谁也不知多少岁了

这群人嬉笑着

又重新围了上去

要是回到五十年前

此时他们应该骑在树上

要是再过五十年

他们也会是一棵树，也会结满果子

2020.8.29

你指给我看永宁河

你站在窗口问："这就是永宁河？"

此时河床像一块流动钢铁

我像看到自己灰色往昔

漩涡中装满泥沙矿石

我明白你言下之意

为何要浓彩重墨

"永宁河值得一死再死"

我不想说出永宁河源头

埋在地下的秘密

也不想让你看到天亮时

两岸花儿艳丽

我只在乎这条河的名字

只要从嘴中轻轻流出

不管在哪儿都会获得安宁

如同只要想起你

我就仿佛看到了下游的清澈

2021.8.22

回　家

风吹过来，雨雪弯成了刀
人们纷纷将脖子缩回心上
传统的杀人方式，已经锈蚀
更多无形刀刃
架在摸不着的时间上，押着
天下回家
月光是一把
过年也是一把

2017.1.11

楼顶上有一个人

楼顶上有一个人

拿着手机看天空

也有可能拍鸟儿

我把头望成了直角

也没看出蓝天动静

而他更像一只鸟

在不停转动

其实也没看清他手里的东西

只是站在那么高的地方

都被别人看成鸟了

即使不鸣叫几声

也应该顺手捋几把光影

当他放下双手

把手机对准大地时

我希望他能发现

此时也有人在看他

2021.12.5

第三辑

我的山水

我与永宁河

丘陵上没有高山可爬，也无峭壁

可劈，纵横一世

永宁河做不到惊心动魄

只能做小河应该做的事，比如奔大江

比如随大流

夏天耍一点小脾气

给酷热的风，降一点温

容忍悲伤在河边呼天抢地

我认为永宁河能做到这些

已经很了不起

尽管地图上普通得没名字

尽管我跟随了五十年

永宁河从未回头

百年之后，仍然不会认识我

没关系，我也是这样一个人

2017.9.20

方山雪

每年春节，必有一场大雪

纷纷回到泸州

带来一小片欢愉

酒杯中的千山万水

还没有喝干

雪便悄悄融化了

只有少数到方山云峰寺

烧香拜佛的人

才能见到幸存的雪

逗留山顶。庙中僧人

任由这些雪

匍匐菩萨膝下

不言不语

2019.4.24

忆护国镇

护国流淌在半百的血脉

与永宁河平行

涨潮时我张开双臂

有时能高过水电站的避雷针

与青春期冲动，有得一拼

拼得头破也要看到远方流血

我始终菜刀在身

暴晒在永宁河的枯水期

缺水的螃蟹

学着我横行多年

始终没爬出护国小镇

我只能蹲在不远不近的浅滩

拉开酒嗓子偶尔吼一声

2016.6.15

高原看云

不是我从泸州带来的，这朵云凝重

白得来历不明

我只准备了炎热和暴脾气

已被高原擦拭干净

剩下蓝天、稻田和虫鸣

看云识天气

云过稻田时，将阳光调暗一些

风随即又把稻穗按了下去

风吹山谷，云向山那边飘移

稻子再次仰起头，我的身后

一群鸡鸭欢叫追逐

那些爬上田埂的红苕藤

高过玉米的杉树，也保持同一姿势

我们目送一朵即将消失的云

一直将头仰起

2016.7.27

高棉的微笑

我数过了，巴戎寺的 49 座四面佛

确实个个都在微笑

安详地舒展于景区周围

因战火而紧锁的眉头

亮出暹粒舞台灯光

照着长生不老的善神

贫穷的苔藓、疾病的荆棘爬满山坡

千年石头仍然长出微笑

雍容安静的力量

摁住万物躁动，抵达心底

就连山脚下一只路过的野猫

也蹑手蹑脚，我也一样

似乎都想成为第 50 座佛像

2016.12.16

空城记

门店关闭，车马远行，最后一只瘸腿蚂蚁

也挪向城门

留我在空城，读书、冥想、守岁

通过微信看各路大军

攻陷景区，堵塞的高速路上

晒太阳，与宠物同行

此时城内大雪纷纷

诸葛先生鹅毛扇起，谈笑间

我搬来炉火，煨煮诗酒

想象琵琶声急，守城有责

这纸糊的江山呀，我必须

垒得严实，草木茂盛

再画一些花鸟，等待归来的市民

误认为川南已春

2017.1.30

我的山水

河山撤退，开始潜伏肉身

百年也经不起折腾

山水终将灰飞烟灭，最好选择

泥土作肥，撒进大海喂鱼

从现在开始，我不再仰望高山

没有一个帝王能将泰山坐稳

让草长莺飞，不轻易就医

省略高山，让流水有情

像镜子，月光下肝胆相照

像热血，路遇不平沸腾

张开手脚作鸟翅

冲破樊笼想飞就飞

最后心中供一神祇

早晚念诵经书，让全部山水归还原始

让自己归还岁月

不刻意减肥，也不急于扩张领地

2017.5.25

我与白云

那些白云，伏在山巅

久久不愿离去，已经说不出话了

像一堆白骨留在那里

其实山上没树，零星野草

酷似开始秃发的头顶

无限接近黄昏

仿佛大地消失的事物

云朵要白给我看，一会儿骏马奔驰

一会儿又像拳头握紧

云朵忍痛撕裂自己

我也得取一张白纸，把自己放上去

太阳落山之前

我们还可以做许多事

2017.8.12

地　震

地震了，家乡再次动荡
上次震时我还肚疼，这次麻醉了
与更多人同时熟睡
相关病情，无法阻止周末放晴
隔壁少妇在医院顺利产下儿子
另一支送葬的队伍
开始缓缓出城
我在阳台上，清扫昨夜雨水
发现几片落花
疑似天空哭出了血
隔得那么远，天地有感应
地震这么近，我仍没有醒

2017.9.2

悲伤或忧郁

青藏线上，与一群牦牛相遇

一个急刹，我感觉到了头疼

这些顺着阳光移动的牦牛

生长得比高原缓慢，不关心车速

按照古老步子

往雪山靠近，格桑花上起居

我当时没看到人间烟火

但依然不敢冲动冒失

牦牛从车旁过去

我看到它们的眼睛，比青海湖清澈

沉重身体，随时有可能

引来天上秃鹫

2017.10.4

芦 苇

江边芦苇有两种
一种人工种植，一种野生

只有江边长大的人
风浪中过来的人，才有可能
一眼分辨出它们差异

一种零星地长在乱石间
时有花穗从头夭折

一种成片荡漾，像整齐队列
顺着风，身体往一个方向倾斜

每一棵都是芦苇，那瞬间
都在经历风雨的危险和抚慰

2022.12.22

生 死

与黄土猛然相遇，先是风景

后来便是皮肉分离

裸露出来的石头，像白骨嶙峋

车外闪过的绵羊

纵然成群，也难从石头中区分

都将头深深埋进土里

西北的冬天就要来临，大雪

也会积成石头，堆成绵羊一样的雪球

有人开始惦记羊肉汤

也有人想添置一件新皮衣

可绵羊和石头都没动静

我想呼喊，声音却被风吹熄

无际黄土高原，只有黄河活着

只有车辆还在拼命

2017.10.16

生在大洲驿

小时候吹牛

亚洲、非洲、拉丁美洲

都不如大洲，排行第一

其实大洲驿

只是茶马古道一个驿站

进京赶考、茶盐交易

以及流放边疆的犯人

在此给马儿喂草，给自己壮胆

直到现在，也仅是乌蒙山尽头

一个小乡镇

后来还改名花果、护国

我却仍喜欢叫大洲驿

出生在这里，一直伴我变老

老眼中才发现大洲驿真的不大

小得来，只放得下一捧骨灰

2018.1.12

唐古拉山口

风，蜂拥而至
幸运通过者，成为唐古拉山冰雪
或者纳木错波纹，敬若神明
剩下的只有呐喊、挣扎、下跪……
我仅是路过，却与风同命
忍不住留影、眺望、若有所思
与风站在一起，被海拔高度
抬举得摇摆不停
这摇晃的人世，我只经历一时
便有了恶心、头晕等高原反应
好在我仅是过客
车走远后，我回首再望
山口上牦牛、绵羊
以及玛尼堆上石头
作为风的孩子
全留在了那里

2018.2.11

在边城

对面陡峭山壁挡住了视线
只能落在几只鸟上
它们飞不过山巅
那边云贵高原，有着另一片天
好在几棵松树接住了鸟翅

我的下面，昨晚山洪
挤着今天雨水
使永宁河泡沫飞溅
像我面前茶杯，沸水冲后
茶叶一团慌乱

我坐在边城中
泡了一天，也像是一生
直到夕阳代替我坐在河边
悲怆又斑斓

2018.10.29

双乳峰下有座庙

长在长江边上的乳房

有着山峰一样挺拔

可以容纳百年古庙

此时我进入庙堂，不见香火

菩萨们也不知去向

墙壁上残留着一些标语口号

朋友说古庙曾做过学校

我一下就明白了

双乳峰下的孩子和菩萨

都早已长大

2018.11.13

新郊区

鸭子变成了野生

正逆流而行

清澈江水，已经能照出

我眼角皱纹

很久没来这里了

山还是牛角山，沱江也没改名

我还是涂拥

这些年活着

依然半梦半醒中举杯

不知道这儿

已被称为著名景区

除了长出时间外的龙眼树

还坚持每年结果一次

其他景观

都是新长出来的

包括这里是郊区

2019.1.20

长江鹅卵石

最先见到岩石，是在青藏高原

有棱有角

稍有风吹，便从冰雪中突围

我在泸州再见时

它们已改名鹅卵石

激流的日子

激烈的冲撞与挣扎

从千军万马中杀出时

已经沉重光滑

尽管变形，仍有不少状似老虎、狮子

隐约看得出，当初一块岩石的理想

令人吃惊的是其中一枚

大家都说像涂拥

我也只好默认

只是石头变成鹅卵要千百万年

而我有活得太久的伤感

2019.4.17

在自怀原始林

银杏、桫椤、银杉、红豆杉……
将名字埋进深山，多活了几百年
罕见的灵猫、云豹以及虫鱼
出入川渝两地，自由自在
这里是自怀原始林
自己怀着山水
没有庙宇，也能安静下来

"五一"假期，我来到这里
带着手机、电脑
以及诗签。仿佛原始林活着
只是等待我尽快记录
仿佛一个诗人的幸福
就是见证它们出生和呼吸

2019.4.29

所　见

来这个亚欧交界的国家六天了

没有遇到半点战乱

我既庆幸又有点遗憾

第七日，游览一个石头中的圣地

传说许多大师

都曾在此诵经传教

终于看见有荷枪实弹的军人

在维护世界和平

我爬上高高山冈

顺着冲锋枪口望过去

对面悬崖峭壁上，有一幅画

——上帝在微笑

2019.5.24

第四棵

古码头有三棵大榕树
长到空中抱在了一起
景区命名为"三口之家"

游人从街上看过去
总会数出四棵树
走下河边后才发现
长得最伟岸挺直那棵
是一根水泥
正支撑着这个百年家庭

做得太真了
鸟儿也喜欢在上面鸣叫
以至于有人对另外三棵树
产生怀疑

2021.3.1

韭菜坪的高度

山脚景区门口

竖有一木框，标有海拔 2777 米

这是韭菜坪的高度

也是热闹的高度，人们兴奋的高度

放得下蓝天及游客

此时你还看不到花朵

只有继续往上攀登

山顶上出现同样大小一木框

也是装满蓝天白云

这多出来的 200 米海拔

多出了汗珠的高度

野韭菜花开的高度

只有抵达了这儿

才有可能对在两个木框前

都留了影的人

发现他们所处的不同位置

2019.8.26

再来深圳

深圳湾的海浪终于安静了
不再像当年
卷我到蛇口口号前
任由证交所两头铜牛撞击
现在我也学会心静如水
坐入关外，坐进自己庙堂
泡一壶清茶
看沸水冲泡后茶叶
渐渐下沉，还原为
一片片绿叶
海风从蜻蜓翅膀上吹过来
阳光正好挂满秋日

2019.9.29

远望秦直道

我们的车跑过了

又倒回来，终于看到山那面

绿草长出"秦直道"三个大字

那是秦朝的高速路

据说战争与帝国并驾齐驱

抵达过灿烂天际

后来马车停进博物馆

马儿悠闲在景区

我们伸长了脖子

再也看不到一腔热血

带着车轮飞奔

也就无法抵达旧日咸阳城

我们不敢靠近

害怕秦直道上无人烟

害怕荒草下还有锈蚀的剑刃

2020.3.10

荷塘下面有石头

即使提起长江水

也难将荷塘下石头洗白

铁了心似的，坚决与淤泥同色

我只是偶然路过公园

才看到清理荷塘的工人

满身污泥只剩白牙齿

以及他们身前

被春光晒亮的部分

现在荷塘干了

剩下残枝败叶以及黑色一地

石头暴露无遗

我也是时至今日

才晓得漂亮荷花下面

还有石头背景

2020.4.11

借……

借悬崖峭壁坐落永宁河边

借济公扇子，在绝壁上

题刻"童子岩"

再借一副胆量

让我从河中爬出后

还敢攀登这高山

那葛藤就不用借了

年年都会从石头中长出来

尽管花儿不够鲜艳

葛根也要将石缝填满

爬上山顶我会看见

我还在那里撬葛根

咀嚼泥土香甜

那是我饥饿与快乐的童年

就不用借了，就让它

活在石头里，不再长大

2020.8.16

还叫斑竹林

永宁河还在把它怀抱

只是岁月多出了一座桥梁

抵达栈道、花果、农家乐……

和我的皱纹

斑竹比过去少了，一只斑鸠的鸣叫

替我道出了惆怅

好在即便河水胖瘦无常

这片土地还没流失

斑竹林也没改名换姓

重逢的亲切与喜悦

仿佛年过半百的我

突然被人喊出了小名

2020.8.26

洞藏酒记

藏在山洞的酒

无人时是水

见不着阳光

不如露珠晶莹

也没有溪流欢喜

我们置身其中

往往把酒当作世外高人

被百年陈香陶醉

并为其沉得住气

肃然起敬

这时我们并没有看到酒

甚至也没见着水

那些酒不知道

我们离开后带走了香气

2020.9.5

落日下看海

每天傍晚都会有人

停留山上观海平台

等待黑夜来临

在此之前，他们将看到

天海之处

乌云密布或者灿烂绚丽

太阳像烧红的钢铁

然后海水淬火

把激情沉淀

直到夜色彻底将这些人

与高山、大海融为一体

虽然看不见，我也知道

许多人不再言语

却紧紧握手拥抱

仿佛这也是最后的姿势

2020.10.14

苍　茫

跟随海浪前行

也许可以抵达天际

可看不到鸟飞，也没船只

除了苍茫还是苍茫

身后红墙

有一行金字，我忘了写的啥

忘了问

潮水是否进过此门

我到过太平洋

也偶尔天空飞行

都会想到墙上那字

也许"回头是岸"最合适

不是也没关系

反正我不敢再往前了

面对虚无的地方

我还是害怕海水苦涩

2020.10.17

勇　气

在早餐店刚坐下，对面一个小孩
突然朝我喊道："叔叔，叔叔……"
喊亮了春天的早晨
我有些尴尬，已经年过半百
抱着小孩的女人忙道：
"我五十岁了，他爸六十"
这个年纪还敢生儿育女
敢于暴露年龄
我除了惊讶便是佩服
而自己不敢接受热气腾腾的香味中
一个小孩天然的呼唤
又有点脸红，好在春天
玫瑰、杜鹃、蔷薇也在红
那一岁多小孩
敢对这个亿万年的世界
大喊大叫，我要做到需倒退半个世纪

2020.3.10

我的高原

攀登自己，不会产生高原反应

既没有雪山堆砌的严寒

也没阳光般灼热位置

甚至面对街头流浪汉

我不如一头牦牛，挤几滴奶汁

给冬天一丝热气

只能学习闲庭漫步

悄悄增加自己高度

把书本搭成阶梯

慢慢向上攀爬，也不勉强

紫外线强烈

并在心中种植圣贤

如那些高原生命

尽管普通平凡

面对风雪却毫不畏惧

哪怕身高只有一米七三

生命却是海拔 1730 米

在尘世挺直腰板

即使无法抵达天空，也不愿将泥土污秽

2016.1.18

给鹅卵石命名

虽然打捞了多年

鹅卵石仍比鱼繁殖得快

爱石的人总会从江边

捡到自己欢喜，并自称有缘

他们根据形状和画面

想象寿比南山、花好月圆

或者蟾蜍、猫、狗、鸡、鸭……

可总会剩下一堆石头

找不到合适名称

因为他们没见过

恐龙、野马、南极狼……

还有一些画面像

东德、匈奴、奥匈帝国……

只是这些词汇，比石头沉重

即使轻轻滑出嘴唇

也要胜过一江春水

2022.1.25

黑石头

沉在荷塘下的石头

熬不过天长地久，变得漆黑

像煤炭燃烧夏日

冒出荷花的火焰

我们不知石头背景

以为花朵天生丽质

要等到荷叶枯槁，塘水烧干

才露出石头混迹于淤泥

表面都黑，可假如剖开

有的石头仍通透如玉

有的却真正黑了心

我也是一块石头

已经习惯了水中呼吸

担心水落石出，也对手起刀落恐惧

害怕看见原来的自己

更怕找不到原来的样子

2022.2.25

蝴蝶变花儿了

小时候蝴蝶真多

我们一起满山遍野飞

可以飞得很远

到了青春期，蝴蝶只剩下

——祝英台与梁山泊

飞得更高，做梦也追不上

后来就难见蝴蝶了

直到今天早晨，小区草丛中

突然聚集了一大片

昂起小小的头，张开翅膀

却无法再飞

它们都变成花儿了

趴在草丛一动不动

我也一动不动

试图从这些蝴蝶花中

认出那时飞走的几只

2019.3.22

大海中的火焰

大海最壮烈的死亡

莫过于采用火山爆发

在海边或者岛屿

都还残留着遗骸

我们无数次赞美大海

那些蔚蓝和波澜壮阔

殊不知这最后消失

不仅泣鬼神，而且惊天动地

即使我们把火山遗址

建成公园或者科研基地

种植花草，放飞热气球

无形中还是奠祭大海

为重压下的裂缝

幽暗中无法释放的喘息和泪水

此时我小心走在火山石上

并不亚于随波逐浪

2021.2.6

雨棚声

挡住了雨，没挡住响声

在我们失眠时

雨打雨棚属于意料中事

我们愿意听成音乐

偶有老鼠跑过如同箭飞

还听见鸟儿

叽叽喳喳在上面待了很长日子

这些响动都是别人的

发生在梦中或者夜深人静

只有那个风雨交加的晚上

雨棚噼里啪啦

像有人鼓掌，有人放鞭炮

早晨我才看到

支架已锈断，棚顶悬空

随风拍打支撑也是阻挡的墙壁

这次才真正是雨棚自己声音

2021.2.24

答　案

需要融化多少雪山，才能变成

浩瀚青海湖

需要多少眼泪掉下来

才能使青海湖变咸

我在塔尔寺点亮青灯

也在日月山，迎着唐朝旌旗

千百回追问自己

后来在葬礼上，超度亡灵中

突然一个新生儿降临

让寂静青海抬起头来

2017.10.19

坐热气球

全世界不远万里，飞到土国

仅仅为了再飞几百米

我和 250 美金

一起掉进筐里

只是想去看看

他们在天上干啥子

在火山口还能笑得出来

我得认真学习这门手艺

就当花钱交学费

2018.9.12

在天堂坝

我活着，我就在天堂

与溪流透明对话

不在拐角处设置亭台

做一些动作，见不得光

溪边杜鹃野性更足，不梳妆

妖娆迎接，让黛玉无所事事

也让我押上阳台的花朵

悲伤住进病房

天堂坝的滩涂，教会了烈日下

我天人合一，一丝不挂

山顶有界碑，竖立

风化字迹，已读不出大清某某

为自己圈下的风光

此时我就在某某天堂中

肆意享受阳光、山水、花草

想道一声：谢谢！却无人应答

2017.5.2

鸡鸣三省

不知哪省雄鸡先叫，众鸡昂首附和
比白纸黑字奏效，比高速公路跑得快
三省都赶紧天明
生怕亮迟，外省桃花抢先开了
一只什么样的鸡呀？黑着眼睛
天都看不见虫跳，就率先醒了
依次醒过来的有：山峰，河流，深谷
最后才是我
我还在纠结于刚才这一声鸡叫
来自云南、贵州，还是四川
饲养了一生的雄鸡，便迫不及待
也想跑出来，亮亮嗓子了

2017.4.2

界　线

湄公河上

只有我是一块界碑

左边泰国，右边老挝

前面缅甸

再往上走便是澜沧江

直抵我心中高原

位置感太强了

以至于我不敢轻易挪动

岸上没界线

也无重兵把守

河水带着两岸风光

仍然走得小心翼翼

山水不知道

我在带着自己的国家

2018.12.9

天涯海角

三亚海滩上

天涯是清朝的

海角是民国的

走过这两个朝代

要绕过两块大石头

尽管我小心翼翼

双脚还是被海浪打湿

一只湿透天涯

另一只是为了看到海角

在天涯背后遇上潮水

2020.10.9

湄公河边

渴望风景的人，陆续上山
山顶有一座镀金大佛
占了半边天，天空璀璨
看不到的地方
金三角应该还有罂粟
花朵下埋有枪弹

我回头再看湄公河
天！天空沉入最下面
爬山的人正从水中走向深渊
渊底也是蓝天白云
依然没有罂粟花开
也无硝烟弥漫

只有漩涡和我诧异的表情
皱巴巴地漂浮河面

2019.12.5

江水流过门前

站在江边一块石头

我只能看到上游几百米

上游的上游叫源头

也称冰川或者远方

回头下望，江面渐渐开阔

可要看到完整的蔚蓝

需坐火车飞机

穷尽一生才有可能抵达

门前这段流过许多年

虽然看得并不透彻

江水也不知自己将流向哪里

可我们拥有彼此

此时江水徐徐而来，容下

日出日落，也刚好让我看清对岸

2022.3.11

火山记

火焰以山的形式延续
历经沧海依然熠熠生辉
参与燃烧的不仅有玄武岩
还有草木和人们的惊喜
以及我背包中的长江石

百平方公里热带林
橡胶、棕榈和椰子树
红胸角雉、山鹧鸪以及蜻蜓、蝴蝶
都在前赴后继
大海也澎湃而至

仿佛火焰举起了旗帜
万物参与冲锋陷阵
火山成为这片土地最高峰
也就不足为奇
只有恒久燃烧的愿望

才有可能抵达星辰

站在十二月的火山口
我浑身发热
火山从不收藏冰雪
人们到此一游
都想带走一点温度和火焰

2022.2.8

看 云

看得久了，才发现云朵没死

只是像白骨抱得更紧

抵挡七月密集的火焰

从而给大地，留下一片喘息

此时云朵最美，吸引更多白云聚集

它们渐渐活跃起来

草未动，一点风吹

就张开翅膀，呈现花朵、蘑菇

飞马、天狗，更多时候像四处逃窜的人

蓝天很快就没有了云朵的消息

也没有大雨降临

我忍不住打量了一下周围

避暑的人，多数都身着白衣

2017.7.28

川江晨功

功夫好的人，披云朵在身

放一条大江出去，然后苦练内功

一招宜宾出手，一式宜昌收脚

像要把千年礁石操练成玉

与石头相依为命，为大江举杯送行

江水始终清澈和兴奋

陪一个人挺胸收腹，吐故纳新

顺势再将头脊梁这段铺开

留下夜晚，将那人推向流水

2016.7.15

想拉萨

想拉萨，想天空的蓝

只有太平洋，才有资格匹配

一想到开阔，遇到撑不住的白云

我也只当温暖棉絮

想拉萨，想得我不再怀疑

自己就是仓央嘉措转世

在八角街，真的约会玛吉阿米

几百年了，仍恋恋不舍

想着想着我就发呆了，仿佛

还在青年客栈楼顶

喝酥油茶、晒太阳、说经、唱诗

想着想着我就老了

老眼中只有布达拉宫、大昭寺

再小一点，看到了广场上的蚂蚁

2018.1.21

眺　望

有人告诉我
通过望远镜，能够看到海那面
另一个国家
我视力有限，做不到千里目
脚下浪花簇拥
好心情晒出风和日丽
想想家乡，看看身边亲人
自己与一只戴胜鸟的飞翅
都是祖国的一部分
就已经很满足了
可想到此时对岸也许也有一个人
正举着望远镜看过来
我希望他能看出我的想法
更希望他与我想到一起

2019.10.3

沱江：721公里结束处

我无法改变沱江命运

它已经平和，驯服，老去

面临长江选择死亡或重生

像一头垂暮老狮子

缓缓走向落日

在这里，泸州目睹了一切

我出生之前，也有许多人拼命

泥土又将他们一一收回

我曾经像沱江九曲回肠

也穿越悬崖峭壁

流水流在这里，现在都将归零

走到今日，我只能是一滴沱江水

长江默默接受容纳

带着风景，汇入宽阔

继续追赶前面那滴水

2017.11.22

火山口很热

冒火是很久的事了
火山口早已忘记
安静地从身体长出草木
偶尔开花几朵
努力融入大地
只是忘记了伤疤
已经纠结成玄武石
让人们接踵而至
以至于温度高过了山顶
火山口至今不明白
自己为何很热
蜻蜓总在身边飞来飞去

2020.10.4

一张未发出的照片

随手拍下了一张照片
一个男孩牵着驼羊
年轻的母亲正在告诉他姿势
如何面对镜头
以及与驼羊的和谐亲密

此时水面也是天空之镜
母子都略显羞涩
驼羊却大方地啃草饮水
我不敢擅自发出照片
孩子未成年，也不认识那漂亮女子

多年后驼羊肯定不在人世
人到中老年的母亲也不在乎自己表情
假如那小孩有幸看到这张照片
是否还能认出自己，一脸天真
胆怯地拉着颤抖的缰绳

那时照片将变得模糊

湖水不再清澈，羊齿声消失

而我也将对着照片不断追问

为何要将素不相识的人与物

放在身边，沉默地与他们交谈一生

2022.9.5

脊　梁

我喜欢这样的命名
把江中石头喊成头脊梁、二脊梁……

我也喜欢这些冬天
敢于昂首的石头
因坚守而嶙峋
洞窟像问天的眼睛

有限的阳光下
人们欣喜地在其中找到老虎、豹子
风花雪月，找出更好的自己

可许多人不知
多次手术的石头，已千疮百孔
空余一副骨架
陪伴一江春水

而我的欢喜要多出几米

为这些高楼大厦弃之的石头

让湍急的江水有了回音

2022.12.21

融 入

——在黄冈东坡赤壁

面对那些诗句和书法
我看到自己影子，晃动在玻璃橱窗
还有竹林、东坡塑像，远处江水
随我嘴唇翕动
光阴也在动，大江东逝……

致敬伟人，像修饰自己
山川动情，我们成了汉字部分
蕴藏大江宽阔，群山逶迤

不仅新颖，其中含义
要经过辗转反侧才略知一二
正如乌台诗案走出的旷古奇才
之前叫苏轼，有了黄州一片烟火后
才有了东坡居士

2022.12.24

海边的一个下午

敬畏阳光
我将自己放在阳台，看爱琴海午睡

椰子树下，一对欧洲情侣
用防晒油将年轻皮肤擦得通红
仿佛要抹平大海皱纹
几只乌鸦跳跃在他们周围
与抵达沙滩的海水
浪在一个节奏

我望着向往已久的大海
想摘取几片浪花，插入远方丘陵

此时那对情侣正将沾满沙子的身体
还回海水，我听不到他们笑声
穿着黑袍的乌鸦
被我赋予了神职

偶尔的鸣叫，像在主持婚礼或朗读圣经
蓝色大海作为教堂背景

一个下午，我都在试图厘清大海、情侣、乌鸦的关系
我得承认对爱琴海的理解，远不及家乡小河深

2020.2.18

鹅卵石有何不同

想不到台湾太平洋岸边

还为我留着许多好看的鹅卵石

上飞机前我却只留下一枚

害怕海洋太沉

让天空超载

我只想将它与长江鹅卵石

比较一下

唐古拉山石头

不远千里经历亿万年

冲到太平洋

究竟会有什么区别

后来我把它放在长江鹅卵石中

没人看出异样

虽然有点惆怅

却不妨碍年年都有石头

跳入长江，奋不顾身奔向大海

2020.9.5

胖子大海

肥胖大海，吞噬鱼虾还不够

横张着大嘴，一遍遍咬向沙滩

沙滩上草都没有了，几棵椰子树

凭着长得高，才存活下来

我坐在海边酒店

看沙滩上一些人，尝试将自己

送往大海嘴边，浪潮翻卷厚厚嘴唇

又把他们吐了出来

那些人不断重复尖叫

又舍不得离开

他们在欺负胖子大海

跑不快

其实大海根本没把他们放在眼里

只是通过这种方式磨牙齿

2017.12.16

大海骨头

难以想象，需要多大灾难

大海才能哭干

难以置信，为了山盟海誓

鱼把自己当钉子

扎进石头，活了亿万年

现在我相信了这片喀斯特

都是大海骨头

保留波澜壮阔

最高的两块，人称夫妻峰

我更愿看成灯塔

矗立在茫茫人海

照亮云雾中的石头

长出葱郁，让路过的人们

不仅相信沧海桑田

还相信有一种爱

能让海枯了石头不会烂

2019.7.30

第四辑

有一个童话叫玻璃鱼

麻　雀

南普陀寺前的麻雀幸福

与人们宠爱的鸽子为伍

后有佛光普照，前有游客抛来精致食物

随鸽子飞飞落落

与旁边睡莲眉来眼去

看放生池中鱼儿和乌龟赛跑

一点也不恐慌，不像家乡泸州的麻雀

为了啄得一粒稻谷，要翻山越岭

还要警惕一根竹竿，是否被稻草人举起

我真后悔出来时太匆忙

没带一群麻雀出来，也认识下厦门

2016.8.21

幸　福

一条小狗被带到了广场

有着宽阔的幸福

夕阳灿烂地拥抱了它

不再呼来唤去

有着自由的幸福

它欢快奔跑

仿佛刚到人世

好奇万事万物

不知寻找什么

看到另一条狗到来

它才安静下来

慢慢凑上前去

像是要把自己找到的幸福

送给朋友家人

2020.11.23

又见蜻蜓

已经多年不见

从山中到海边

蜻蜓带着消失的记忆

用翅膀压低天空

抬高海岸线

在我有限视野

也看得出天气即将有变

虽然没经历大风大浪

可毕竟人到中年

因此并不慌乱

只当大海为手中一把蓝伞

沿着海边，我还能再走一段

可大海快要撑不住了

落日也在颤抖

这些蜻蜓还在聚集还在飞

还有消息要传递

2019.11.14

牛中牛

这一闪而过的画面

偏偏让我牢记——

几只狮子尾随一大群非洲野牛

忌惮牛角与牛蹄

只能在牛群外等待奇迹

奇迹往往在内部产生

几头强健野牛

联手将一头老弱病残

拱出牛群

让狮子一哄而上

每当我遇到牛哄哄的人和事

都会重现这个画面

让我不由怀疑，自己也是一头畜生

2018.9.27

爬山虎

办公大楼下面有草地

花树年年修枝剪叶，却难活过冬至

唯有爬山虎

一个有着响亮名字的草根

浑然不觉已经攀过十八楼

还伸入了窗内

我用刀子斩断过多次

这绿老虎依然不屈不挠逼近

不理会喧嚣、灰尘

也无所谓烈日、暴风雪

瘦削的藤条牢牢钻入钢筋水泥

很多时候，我从电脑中抬头

面对爬山虎，感觉自己

在提前适应草木包围

我也属虎，偶尔又难免恍惚

自己活在爬山虎里

2020.12.22

慢镜头

电视中奔跑的野牛群

戏演得比人还好

一头老牛，也许曾经的头牛

被众多野牛挤搡出队列

成为尾随多日的狮群猎物

老牛瞪大眼睛

看狮子掏心掏肺

绝望地望着过去的伙伴

以及妻儿子女

扬尘而去。最后在泪光中

随落日慢慢倒下

其中慢镜头，应为摄影师

忙着擦拭灰尘

意外反衬了此时野牛群飞奔

2019.11.10

扑　腾

一只小小鸟，怎么就飞进了我家
它不知道，只将翅膀
往窗玻璃扑打，想往天空逃
我打开房门，试图改变它方向
躲闪，恐惧，此时眼睛
已经装不下树林、草地、虫子
窗外鸟鸣，更放大它的绝望
一个下午，我都与鸟儿对峙
谁也说服不了谁
我也经历过不撞南墙不死心
头破血流，仍然头也不回
只是我还活在这里，看鸟儿
继续被玻璃折腾，继续感受
一些透明，只是用来增加误会

2017.7.12

船上吃鱼记

隔着一块铁，当然还在水中
我是一条大鱼，在吃着小鱼
船是更大的鱼，吃着吃鱼的人
只隔一层木，落日轻松而入
首先照亮那些鱼骨
保持水中流动姿势
残缺了，依然不肯弯曲
然后才照着我，在忍不住
摸自己脊椎

2017.8.8

动物世界

曾经爱看《动物世界》
看猛兽，在森林、草原、河流
将生死，摁在爪牙之间
我还喜欢猛兽追逐、猎杀、交配
从不瞒天，只有热血
现在我明白了，为什么
爱看豺狼虎豹、狮熊鹰鳄，不屑于
小鸟、松鼠、兔子、蝴蝶、蚂蚁
我所了解的许多凶险
被天挡了、地埋了
我为自己醒悟
感到无比悲哀
人间真相，要通过野兽大白

2018.1.17

斗 鸡

一群中国游客

围住一只泰国鸡、一只老挝鸡

两只战斗鸡重爪烈翅

逼得鸡毛一地

假若鸡敢呆若木头

人们的呐喊将变成飓风

摇动所有森林

游戏结束后

两只鸡分别关进笼子

用流血的嘴角啄食

迎接下一场拼命

我站在它们旁边

围观的人群早已散尽

金三角黑夜压了过来

我突然感到孤单

仿佛也是一只鸡，关在另一个笼子

2018.12.7

注　目

一只狗狗在过斑马线

如熟练骑手

路过的车辆与人们

纷纷停下

目光聚焦其中

狗狗浑然不觉

不知由于自己奔跑

会令人怦然心动

有人脸上发热

穿梭于车水马龙

依然按照自己节奏

跑到马路对面

仿佛跳下了马背

2019.7.24

与一只鸟楼道相遇

确实突然，这只鸟来不及胆怯

我便开始了后退

这逼仄楼道，人与鸟

同时失去天空

小区有草坪和杨柳依依

这只鸟仍误入钢筋水泥

并且忘掉翅膀

纤细双腿在楼梯间跳跃

早已不是乡下麻雀

羽毛发黄，拖着浑圆肉体

看不出哪里受伤

我在楼道外抽一支烟后

再次进去，已是一片寂静

仿佛刚才只是幻景，但我忘不了

那只鸟眼中闪过的悲哀和惊慌

让我对岁月时有忧郁

2019.8.12

老虎吃草

当时我们有点发蒙
面对假装的山头
这只老虎悠闲吃起草来
忘掉额头有"王"
像可爱小斑马
如果不是我们领着小孩
来到这个挂牌虎馆的地方
真不相信它敢称虎
有利爪与剑齿
只是我们还不敢下车
不敢把面前玻璃砸碎
不敢面对的事情
中年后特别多，既然如此
老虎吃素，只当减肥
并没有什么不可以
况且老虎就生活在我们城市

2019.10.7

消　失

长江白鲟真的消失了吗
我不相信，因为
我仍能在长江边
找得到几枚生锈的旧钱币

我不相信是由于相信
所谓物种消失
比如恐龙、欧洲野马以及道德
只是跑上月球，暂时回避人世

月亮作为一种最古老的物种
能孤独支撑到现在
并不是只想发光
也许幻想能有一天与人类相聚

2020.1.5

松鼠在我家做客

许多年了，深山中跳跃的影子
悄然晃动在城市
移植的树上，松鼠眼睛
像弹珠，稍有风吹人声
便只剩下了树枝

这些树来自云南、福建
也有可能是东北，总之不仅是松子
松鼠眼界大开
食树芽，也有可能是苹果
茶几上的核桃和开心果

多次与松鼠相遇
都在我读书和写作时
如果出现在阳台，会将长尾藏起
我不动松鼠也不动，对峙中
我往往是先输的那个

有几次松鼠光临客厅

我刚推开房门，突然看到

一团褐色瞬间从窗台划过

残留下幻象

松鼠像不速之客，带走了香气

松鼠轨迹有时与老鼠交叉

只是很难再见鼠影

我家大米稀缺

松鼠带来文字，许多时候

又跳出书本，留给我一纸空白

2022.3.28

两只蝴蝶

红灯亮了

所有车辆停下

只有两只黄色蝴蝶

仍在车前飞

一只在上，另一只在下

不是平行关系

飞行方向却保持一致

我看得专注，忘记绿灯亮了

也忘了两只蝴蝶

早已飞出城市

如果继续看下去

我很有可能成为其中一只

2020.9.19

小马驹

小树林里有几匹骏马
绳索绑住了奔跑
没有羁绊的小马驹
又只在小圆圈中嬉戏
乌云从远方压了过来
凝重中增添了几丝潮湿
我也算有点重量
却与云雾中的群山
一起拴在了大地
即使我想做那小马，可年龄
还是套住了自己

2020.8.14

博物馆游记

鸟儿还在天上飞

所以标本用真身

隔着玻璃也隔开了人声

羽毛比在山野光滑

麻雀、燕子、画眉的眼睛

全换成了亮珠子

逍遥于假山水

相比之下隔壁恐龙，就有些惨了

骨架由复制的化石撑起

还要龇牙咧嘴

屋顶上不断放映

恐龙消失的动漫

我连续看了三遍依然不解其意

带着沧桑

通过博物馆大门

我走入人头攒动的城市

2020.12.14

烤羊记

一群凡夫俗子喜欢在诗中

写上慈悲、怜悯、菩萨等词

偶尔从意象中跑出一只羊

或者走来牦牛群

比作雪山、湖泊，念着经文

此刻面对炭火上的小羊

诗意全无，只剩一道热菜

放着胡椒、孜然、葱花……

看不到羊头、羊毛，更没有咩咩咩

即使有人姓杨，也直呼其名

虽然外面下雪，草原却在千里之外

直到一个姑娘从热汤中

捞出了一颗羊眼睛，一声尖叫

大家仿佛才恍然大悟

迅速放下刀叉、筷子、油腻的双手

以及自己声音

2020.12.20

花朵会飞

楼顶上的一棵树

在初春开满了黑花朵

灰蒙蒙的天空作为背景

似乎故意要将我

带回一部黑白电影

那些枝条颤抖

像未抖尽的寒意

花朵从不同方向飞向那儿

太遥远了，听不见花开声音

只看到花朵离开

如射出的箭头，成双成对

其中一支击中我

原来是那种地上掉下一根针

也会一哄而散的麻雀

没想到麻雀只要飞得足够高

也能成为春天的花儿

2021.2.7

我和松鼠

松鼠从窗口跳入
像是进了自家房门
茶几上有松子、苹果、咖啡……
熟悉的味道
仅仅挪动了位置

这些东西我也喜欢
我的出现让松鼠略微一怔
"嗖"的瞬间
跃上窗台，重返小树林
留下我和空房子

我看到了松鼠长尾巴
如一大捧松针
窗口与树林相距有几米
这空间也是时光
照耀我和松鼠

松鼠跑得太快了
我还没想好它算一个贼
还是轮回而来的亲人

2021.2.9

牛　眼

牛眼很大，自带放大镜

把湖泊看成大海

将走动的人认成大象

即使叮在牛身的小蚊虫

牛也要当作鹅卵石

忍无可忍时

才勉强甩动几下尾巴

浪费大眼睛

没机会看到牛皮吹破

有人惦记牛气

更遗憾的是牛眼看不到

自己犄角和铁蹄

否则不会轻易让一根竹枝

将一生赶入泥泞

更不可能

随便就让一个小孩牵了鼻子

2021.2.22

爬山虎也想树立

小雪这天早晨

无雨无雪，我用冷水洗脸

偶然看到窗外爬山虎

竟披上了彩色

这植物总在躲开人们足迹

总是带着根须爬行

原以为只会葱绿和枯萎

没想到突然换上了虎皮

不仅爬山，还学会了上树

并且选择了一棵菩提树

不知有何寓意

也许看到菩提子好看

也想树立，还要斑斓

尽管爬山虎不知今日小雪

大地开始寒冷

更不知有人看见后会诧异

2021.11.22

有一只黑天鹅

偌大一片湖

只浮起一只黑天鹅

被剪掉了飞羽，失去天空

依然不屑与江湖上

鸡鸭或鹭鸶为伍

孤独得不仅一团漆黑

还将自己种进草地

放下修长的脖颈

收缩为拱桥

看到我走过去

并不恐惧和慌张

听到喊叫后

黑天鹅才将脖子直立

亮出血红鸟喙

那架势像要起飞

也像是要与谁对峙

2021.2.28

那不只是一只鸟

偶然会有一天
雨声代替鸟鸣淋醒人们
洗得发亮的小树林
挂满了大眼睛

那棵桂树上
站着一只湿漉漉的画眉
不停抖动翅膀
然后又飞向清晨

我的目光却舍不得飞
也许在等待
树枝上再出现一只鸟儿
带来桂花香气

2021.7.14

过古楠白鹭地

多么有幸，一粒鸟粪

像热乎乎生命，落向了我头顶

顺着高大桢楠往上看

一粒鸟粪也是一朵白云

它在飞，它的重量

远远超过羽毛

重重击中林中徘徊的肉体

多么不幸，三步之内

我又看到了张开翅膀的白鹭

伏在地上伸长脖子

此时无风，却听到树林

沙沙作响

替代了白鹭最后的哀叫

古树沧桑，白鹭不断新生

此处生与死

相隔不到十米，而我们

只是当作了风景

2021.7.24

我们都想与鹭鸶合影

红石滩公园观景台上
我们看到孙梓文与一只鹭鸶
在河边走得很近了
便大声喊他
那鹭鸶似乎听见了
跳跃到了他脚前
大家慌忙举起相机
把一条河按在了手上
还有人跳了过去
那场景不亚于
"他们都想给自家的牛
照一张相" [①]
我们也想和鹭鸶合一个影
这是一种缘分
快乐就这么简单

---

① 何小竹诗句。

可真要与鸟儿成功合影

并非容易

2021.8.1

那声音

排除鸟鸣

比如乌鸦和猫头鹰

原始森林爬着的

没留下足迹

也要排除兽类

琴蛙、岩蛙、癞蛤蟆……

都有可能，但声音又好像

不完全来自谷底

我们为看不见的声音一直争论

又对产生声音的地方

找不出准确位置

谁也说服不了谁

我们不再说话时

那声音却再次：呱，呱呱……

而这一次

是专门叫给我们听的

2021.5.3

红嘴鸥又回来了

坐在红嘴鸥飞临的地方

我在辨别鸟中

有没有去年飞走的声音

红嘴鸥还是嘴红，羽毛洁白

依然忙着抢食

长江也没有变瘦或长肥

流水不慌不忙东逝

我也还保留着初见红嘴鸥时

那份喜悦

只是眼睛又老花一岁

潮湿，并试图在深秋早晨

从鸟中认出自己

2018.10.10

激流中

那不是一块石头

那也不只河流

那里有我们目光流动

也有一只白鹭一动不动

涨水的时候

万物都在向前冲

即使不知之前发生了什么

不知河流尽头一无所有

白鹭也不会明白

站在了激流中

不是不想飞，它在等

一个展翅的机会

当然也有可能

白鹭仅是为了让我们看见

激流中它单腿而立

2021.8.24

走近一家农户

不同于小区

喊叫的心肝宝贝

这狗出现在农家屋檐下

守着紧闭的大门

盯着陌生人并喘起粗气

我尝试向那房子走近一步

它便狂吠十次

脖子上铁链哗哗响动

像拉动枪栓声音

我只好停下来

狗也无法靠近

这样对峙了很久

很久没遇上这种场景

亲切又兴奋，那狗也如此

都走到对面田埂上了

狗还在叫，我仍心跳不已

2021.9.23

楼道中相遇

早晨三楼拐角处

我看到了那条灰白的狗

眼珠随着脚步声转动

行人只要看到了

便会看到一小点明亮

狗会是这户人家的吗

我在这儿住了十年

没见过狗和主人

晚上下班回来，那狗仍趴在那儿

一动不动，那家房门依然紧闭

狗看到了我，眼睛发光

却并不站起，这一次

显然已经熟悉，可我无法停步

我家住四楼

梦中我为狗打开了房门

狗尾巴一直摇动

2021.10.22

天鹅消息

七只白天鹅从舞台

飞过公园，降临本地

消息从一个农民相机中传出

他用自己种植的蔬菜

成功地与天鹅相距了三米

天鹅身子留给天空

头颅深深埋进江水

仿佛还有点羞涩

我伸长脖子，想看出欣喜

可惜天气暖和

天鹅早已一路向北飞出相册

将空旷还给我们

也像客人，留下春天作为礼品

后来我再看灯光下的天鹅舞

总想认出江边那七只

2022.6.10

有一个童话叫玻璃鱼

只有在墙上才能再看到了
黑暗中亮出肺腑的玻璃鱼
它们在注视中选择消失
也有可能进步了
总之长出腿脚，变成蛙类
不再拘束于暗河
向往光明并跳出洞穴

当地朋友告诉我
这是科考队得出的结论
我当然相信科学
却难以接受少年眼中的清澈
只剩一片混沌
世间少了一种生命
能够肝胆相见
却多了一个童话叫玻璃鱼

2022.1.9

看 鸟

不同国家鹦鹉

飞进了同一个铁丝网

站在枯枝上

用鸟语发芽

一只白鸟却孤单地

东张西望

最后目光长喙般

叩向网外的我

它身前身后

鸟儿们都在欢叫

而我背后金三角

寂静得只有千万吨阳光

2018.11.28

有一种鱼要回头

正如来到永宁湖

依然是游子

也是浪子，像我们中的某些人

等不到浓雾散尽，又要各奔东西

回到熟悉的语言和泥尘

你看餐桌上残留的鱼刺

没有一根弯曲

每一根都依然如流水

而江湖中人

最敬佩骨头坚硬

最害怕一团死水

既然鱼敢以死殉情

我们何不放下刀子，喝上一杯

敬鱼更敬养出这种鱼的湖水

2021.10.25

一只羊

站在羊奶店门口

那只披着羊皮的羊

天快黑了，快回家吧

你的家在草原

你是奔跑的白云

眼睛是夜空中星星

可现在你一动不动

太像一只羊了

真想掀掉你身上皮子

让真相大白

哪怕是一只狼，号叫几声

2020.8.20

真 牛

大山深处一片湖

因一条水牛浸入其中

变得生动开阔，容纳天空

也放下了炎热

那牛成为湖中王

偶尔翘起尾巴

牛气冲天，鞭打自身

让我远远便闻到

童年的味道

当它从水中抽出自己时

浑身披满了霜雪

真的很牛！强烈紫外线下

始终姓水，还敢名牛

也不孤独，此时

我目光正好碰上了它眼睛

2020.8.17

大象画画

这头大象
有几岁就学画几年了
每天站在主人旁
用长鼻夹住画笔，为游客
表演画画
画得真像！大象兴高采烈
观众热情鼓掌
只是大象不知道
它一直在画大象

2018.11.27

小区也有蛙鸣

既然阳光能将花草和翅膀
以及夏天放出来
自然也无法关住蛙鸣
穿越钢筋水泥

既然假山园林可以容纳虫子
青蛙也就不分城市乡村
只需几滴露珠
即可喂大这群高亢的声音

失眠的耳朵，反侧于夜色
或者黎明时分
一种儿时的节奏
总是不断拍打我们神经

天亮后这片蛙声
隐身于车水马龙，仿佛

只是为了迎接另一场风雨

忙着排练哑剧

2022.6.1

春天的马

——仿阿信

埋首于春天的一群马

恨不得能装下草原

只有两匹马抬起了头

相互摩擦亲昵

从对方眼睛中

不仅看到春光，还多出了一个秋日

2022.3.23

桥　下

走在桥洞下

轰隆隆的响声漫过头顶

冬天不可能还有闪电和霹雳

隐藏于桥墩和江底

他明白那是车辆经过时

引起的世界共振

可在桥上浑然不觉

只看到前方一片光明

也非颠簸而行

没想到有一种声音

能够引起脚下战栗

正如许多人看不到

平静的江面

当船和鹭鸟掠过

那些波澜和涟漪

会把不安传递给水草和鱼

2022.1.15

狼来了

楼下有人说

小区里有狼，我不相信

顺着他指头望上去

只看到金属保险窗

可黄昏时狼嗥声再次出现

翻过窗户扑面而来

我放下书本，说有狼叫

妻子继续摆弄着花盆

"真是狼来了"

我们像谈论一条宠物

十分平静，小区也平安无事

即使狼嗥中掺杂了几声狗叫

也算不上稀奇

如果我是那狼，面对此时此景

也会感到沮丧

果然不久，狼不叫了天也黑了

2020.9.12

有些娃娃鱼

人工饲养的娃娃鱼

很小时见过阳光

等它们长大了

已经置身洞穴

相当于进入了温箱

没有风吹雨打

也忘了会击水搏浪

习惯挪动肥胖身体

等那些小鱼游进嘴里

舒适得娃娃鱼

听不到自己心跳

等再次看到天空时

也看到了刀刃，仍不明白

还在恼怒谁动了自己

2021.9.14

鸵鸟走了出来

鸵鸟也学会了随遇而安

当它从非洲沙漠

转身于山清水秀的地方

便不再奔跑，圈养也习惯

我们相遇时，鸵鸟正低头

吃着从外面递入的草料

世界柔软得像它脖子

没有豺狼虎豹

鸵鸟长腿可以当拐杖

也没风暴，翅膀无需方向

我们忘了鸵鸟速度

能够闪电般飞翔

放心打开栅栏

让鸵鸟出来，慢慢走近人世

好让大地有耐心

称出一坨鲜肉重量

2021.10.22

捕鱼者说

暴雨过后，冲出田塘的鱼虾

流经小镇，让我们兴奋

撮箕和小手脚

已等候多时

这些小鱼虾，刚见过几栋小房子

便无法再蹦跳

其实运气好，可以流到永宁河

在泸州抵达长江

运气再好点汇入东海

脊背可以挺得像浪花

遗憾幸运的鱼虾，我都不认识

只知道捕鱼小伙伴

与鱼虾留在了小镇

有的已经死去

有的多年没有音讯

2019.2.4

土拨鼠也有春天

草原上的公路

是土拨鼠让出来的春天

当车开过时

它们"唰"地一下闪向两边

像迎宾队列

只是人工饲养的在左

其余的跑向右面

都长有黄毛短尾巴

都在蓝天白云间

无论栅栏还是公路

都阻挡不了土拨鼠

在地下挖洞连接春天

此时它们站立起来

拥有相同名字

我们来自五湖四海

也从大巴车上站了起来

2020.1.13

蛙泳过后

伸臂、收腹、曲腿……

尽量放平自己

让肉体低于群山、花草，甚至蝼蚁

偶尔抬头吸气

也是为了把头埋得更深

作为一只青蛙，不与人类为敌

甚至蛙跳也不练习

可我有一百多斤凡身

比画得再像，皮肤也变不成绿色

不管置身大海

江河湖泊，还是游泳池

做不到青蛙般自如，只能呛水或下沉

无奈上岸做人

原谅我，对某些人和事

有时忍不住要露出一只青蛙

气鼓鼓的样子

2020.12.3

恐　吓

要使一群正在啄食的麻雀

做到一哄而散

最好装成龙腾虎跃

突然大叫一声

狮吼、虎啸、狼号……

果然小麻雀"哄"地一下

飞上树枝，只是回过神来后

仍把你认作人

那些猛兽麻雀不知道

你见过的也多在屏幕上

这偶然的小游戏

有时反而吓自己一跳

2021.4.24

工厂记忆

从工厂遗址出来，车子刚启动
几只狗狗便围了上来，披着一身泥尘
像机床上那些油渍和锈迹
只是它们叫个不停

狗狗追逐并猛扑车轮
我只能减速前行，害怕钢铁
轧灭奔跑的声音
没理由让沸腾热血
再次凝固于旧工业阴影

刚下车时，几只狗狗还摇头摆尾
仿佛对亲朋表达热情
毕竟大山深处
导航也偶尔失去眼睛

对于我们离开

狗狗突然的异常举动

至今我都不明白

却不可否认它们的狂吠

加深了旧机器的寂静

2022.4.4

在湿地鸟类标本馆

我不敢进去

隔着玻璃，那些鸟儿

都把脖子扭向了

窗外湿地

作为标本，我知道

体型是真的

翅膀和爪喙也是真的

可肺腑全是草木或纸屑

也有可能空心

血液早已流尽

日子停止了跟进

它们就这样空空望着

湿地中另外一群鸟儿

驮着石头或者水泥

阳光下一动不动

闪耀出比时间还长的光影

2022.8.23

暗河中仍有玻璃鱼

所有暗河流到我这儿
只剩下玻璃鱼，一种活在黑暗中
亮出肺腑的小不点儿
出现在多年前的喀斯特溶洞
带给人们惊喜
并将这种透明的生命
橱窗中展示

后来我遇到过许多暗河
隐藏在生活下面
暗流连接浊水，洞中还有洞穴
很久都没有动静
可昨晚我梦到玻璃鱼了
暗河中仍肝胆相照，吹着哨子
等待游入我们眼睛

2020.3.9

骑　马

所有暗事物都在往前跑

乌云抱着风雨，远山拉扯草地……

我不得不跑，刚刚学会上马

叫停的声音，自己都听不到

除了头马，前面一定还有神明

为万物鼓劲

连格桑花也弯下腰来

谁也不能停止

即便我下马后

瘫坐于地，双腿也无法并拢

感觉胯下仍有一匹骏马

带着草原还在奔驰

2017.7.31

牛在家门口

这是高原寨子

狗却懒得看家守院

只有不声不响的牛卧着

挡住半掩木门

门口有玛尼堆

远处一座寺庙在云雾里

时现时隐

听说这些牛

每天自己放自己上山

日落时又自己回到

自家庭院

我来自远方

背着帐篷和自己

还正好属牛

当那牛眼望过来时

忽有一种慈祥，让我脚步迟疑

2019.4.14

数　羊

终于凑齐了，如有神助

一只蓄着胡须的羊

来到羊奶店门口，与原来一大一小的羊

团聚成三口之家

其实都是披着羊皮的假羊

可我依然兴奋

躺在床上不停数数：三只羊、四只羊……

越来越多，后来也不知梦中

还真是这样：城市回到草原

挤不尽的奶汁如流淌江河

没有牧羊人，只有月光

星星与羊，我也在其中咩咩咩

2020.4.24

后　记

　　《河流上的诗歌微澜》是我重新写诗后的第一部诗集，收录了 2016 年至 2022 年间创作的 200 余首短诗。

　　20 世纪八九十年代，我狂热地爱着文学，为此放弃了国企管理人员、公务员等社会身份，总想获得较为纯粹的写作时间，后来在现实与生存面前，选择了妥协和放弃。在中断写作 20 年后，2015 年我开始重拾诗笔，大部分时间都沉浸于写诗、读诗、编诗的过程中，诗歌不仅是我的宿命也是我的心安之处，几年下来也积攒了近千首习作，可真正让自己满意的诗作，寥寥无几。

　　诗歌从自发、自觉到自在的写作过程，不仅是时间和生命的积累，也是一个淡泊名利、逐渐进入诗歌内核的过程。虽然亲朋好友早就鼓励我再出一本诗集，我却缺乏热情，一是认为没写出自己想要的诗作，二是觉得没必要再劳神，快乐生活与健康也许才是最重要的。可由于电脑损坏、搬家等原因，又丢失了一些诗作，难免有时也有点惋惜，于是决定还是收集整理一本，供自己存念，同时也与喜欢的诗友们作做一点交流。

　　重新写诗的这几年，得到文坛不少师友和报刊的提携与帮助，让我有了继续写诗的勇气与信心，在此一并感谢。

2023 年 12 月于泸州